人文阅读与收藏·良友文学丛书

舒乙题

原丛书主编：赵家璧

特 邀 顾 问：舒 乙 赵修慧 赵修义 赵修礼 于润琦

出 品 人：马连弟
监　　制：李晓琤
执　　行：张娟平
统　　筹：吴 晞 姚 兰
装帧设计：赵泽阳

特别鸣谢（按姓氏笔画排列）：
韦 韬 叶永和 李小林 沈龙朱 陈小滢 杨子耘
张 章 周 雯 周吉仲 舒 乙 蒋祖林 施 莲
姚 昕 俞昌实 钟 蕻 郑延顺 赵修慧
以及在版权联系过程中尚未联系到的作者或家属

特别鸣谢：
上海鲁迅纪念馆
北京鲁迅博物馆
北京大学中国语言文学系
复旦大学中国语言文学系
中国作家协会权益保障委员会

人文阅读与收藏·良友文学丛书

村野恋人

王西彦 著

中国国际广播出版社

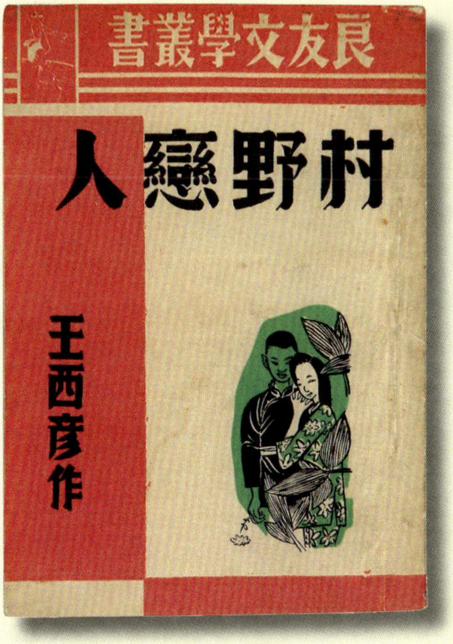

良友版《村野恋人》平装本封面

晨光版《村野恋人》封面

晨光版《村野恋人》扉页

良友版《村野恋人》内文

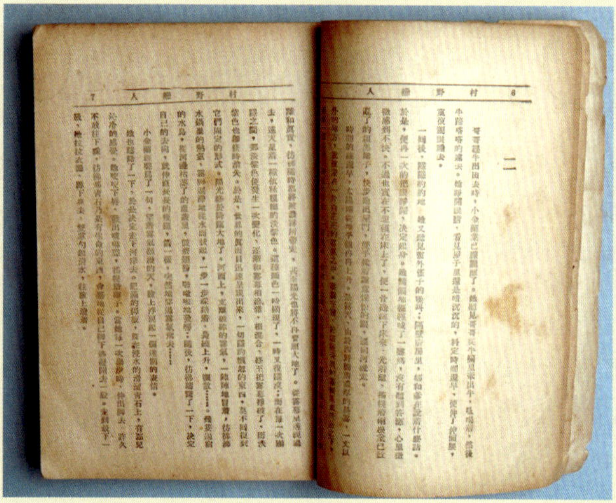

《良友文学丛书》新版出版说明

二十世纪三四十年代，著名编辑赵家璧在上海良友图书公司老板伍联德的支持下，历经十余年，陆续出版《良友文学丛书》，计四十余种。其中三十九种在上海出版，各书循序编号，后出几种则无。该套丛书以收入当时左翼及进步作家的作品为主，也选入其他各派作家作品。其中小说居多，兼及散文和文艺论著；第一号是鲁迅的译作《竖琴》。丛书一律软布面精装（亦有平装普及本），外加彩印封套，书页选用米色道林纸，售价均为大洋九角。

《良友文学丛书》选目精良，在现在看来，皆为名家名作；布面精装的装帧更是被许多爱书人誉为“有型有款”。不可否认，在装帧设计日益进步的当下，这套出版于二十世纪三四十年代的丛书外形已难称书中翘楚，但因岁月洗汰，人为毁弃，这套曾在出版史上一度“金碧辉煌”过的丛书首版已然成为新文学极其珍贵的稀见“善本”。

在《良友文学丛书》首版八十周年之际，为满足现代普通读者和图书馆对该丛书阅读与收藏的需求，我们依据《良友文学丛书》旧版进行再版（四种特大本不在其列）。本着尊重旧版原貌的原则，仅对旧版中失校之处予以订正。新版《良友文学丛书》采用简体横排的形式，以旧版书影做插图，装帧力求保持旧版风格，又满足当下读者的审美趣味。希望这一出版活动对缅怀中国出版前辈们的历史功绩和传承中国文化有所裨益，也希望广大读者多提宝贵意见和建议，以便我们把日后的工作做得更好。

《良友文学丛书》新版校订说明

一、本丛书收录原良友图书公司编辑赵家璧主编《良友文学丛书》共四十六种（四种特大本不在其列），乃为目前发现且确系良友版之全部。

二、此番印行各书，均选择《良友文学丛书》旧版作为底本，编辑内容等一律保持原貌，未予改窜删削。

三、所做校订工作，限于以下各项：

（1）将繁体字改为简体字；

（2）原作注释完全保留；

（3）尽量搜求多种印本等资料进行校勘，并对显系排印失校者在编辑中酌予订正；

（4）前后字词用法不一致处，一般不做统一纠正；

（5）给正文中提到的书籍和文章及其他作品标上书名号，原作书名写法不规范、不便添加符号者，容有空缺；

（6）书名号以外其他标点符号用法，多依从作者习惯，除个别明显排印有误者外均未予改动。

村 野 戀 人　1

一

九月，枫叶红了……

应着季节的更换，在西风的催促里，凤栖山披上眩眼的新装。山上的蕨薇草，开始变成金黄；山萝菔从叶腋间伸出长长花轴，戴起半球形的紫花；荨麻和蒴藋，也匆忙为自己结下果实，在岩石间散布着种子。布谷鸟早已敛声隐迹，只有橄榄色的小小蒿雀，仿佛庆幸着时序的更替，在逐渐疏松的蒿蒌中间，跳跃歌唱，赞美着满山斑驳的彩色。山脚边，田野失掉原有的泽润，剩下收获后的颓唐和空旷，仿佛大地被剥除了服饰，坦露出赤裸多皱的肌肤。农民们耕完了“八月田”，这时含着烟管，到村前河渠里张网捕鱼去了；而一般牧童们，把牛绳挂缠在牛角上，相率成群地在山腰间找寻过时的山楂果，或是拣拾红叶，为自己编织梦想中帝王的冠冕。

距离凤栖山约半里，在一条浅浅的河渠两旁，各自蹲伏着一列低矮的土褐色房屋。这便是凤尾嶼，一个平静而贫穷的农村。村屋原就不多，从凤栖山后面卷曲而前的小河渠，却把它们划分开来，使之显得更其寒伧局促；而它们，便不甘服地互相紧紧拥挤着，如像要一齐跨越过河渠的阻隔，更如像缺少其中的任何一所，便会全体受着牵动，甚至因而倒塌了一般。远远望去，它们简直是一群褴褛不洁的乞丐，由于满身残疾，跨渡不过这狭窄的河渠，只有无可奈何地蹲伏在两边岸上，发着愁苦的叹息。

但是，虽说村屋如此寒伧可怜，这小小农村，却享受着一个美丽动人的传说。大概在数十年以前，在这些褴褛灰暗的村屋之中，曾经有过一个美貌非凡的牧羊女。和这条并不清澈的河水以及低矮可笑的村屋不同，她具有着一付美得无可比拟的容颜。她的眉眼嘴鼻，以及肌肤和头发，无一不美；以致数千年以后的今日，我们业已找寻不出适当的辞句来形容她，而在村子里一般居民的心目中，也成为一个神圣的，不能用凡俗观念去猜度的存在了。不过在传说里面，说到除了那付天仙一般的美丽，还赋予了她一付浑圆的歌喉。在日丽风和的清晨，或是炊烟暮霭的黄昏，远近的人们，都可以听到那迷人的歌声，在原野上飘荡，有如原野本身在歌唱。所有多情的年青人，都被她的歌声所蛊惑，所陶醉，所吸引了，他们成群结队地来到河边，围绕着她，用着世上最温柔的眼光和言辞，向她求爱，对她发着世上最美丽，却也是最笨拙的誓言。他们都为她发狂了，每个人的眼睛里都流着眼泪，白天失掉了灵魂，晚上失掉了睡眠。在他们看来，她是主宰他们全生命的神。但她，这被如许年青人所钟情的幸福者，却有着世上最高傲的性格。所有年轻人的爱情，在她眼里，有如草芥。她不屑理睬他们。即使他们全都为她跳河死了，仿佛也不会使她稍稍动心。她对他们如此残忍，而她的容颜和歌声，却越来越动人了。非但白天歌声不绝，每逢明月之夜，她更离开村子，独自爬到那半里外的山上去，坐在山顶上引颈高歌。听见她的歌声，山上所有的虫鸟，都羞愧静沉了，连天上的月亮，也为之黯然失色。终于，有一天晚上，一个仙人，骑着凤凰，吹着洞箫，从远方飞来同她和唱。

关于这个骑凤而来的仙人，传说里并没有怎样的说明；不过附近的人都看到，三天之后，那仙人便走近她，和她同坐在山巅的一块岩石上，获得了她的爱。陶醉于这人间稀有的爱情里，那仙人便留在山巅上。人们朝朝暮暮地听到那幸福的歌声，应和着洞箫，从山巅飘扬到原野，使得妇女们躲在家里，男人们停住庄稼，田地变成荒芜，鸟雀怯于鸣叫。总之，一切人都迷醉了，一切生物都为之屏住了呼吸……

三个月后，那仙人走了；吹着洞箫，骑着凤凰，离开了牧羊女和那曾经是爱情发祥地的山巅。

可是牧羊女却业已怀下孕，不久便养了一个孩子。

他秉承了那“神仙父亲”的祝福，来繁荣这寒伧的灰色的乡土。这自然是一件可欣幸的事情。不幸的是，他又秉承了父亲善吹洞箫的天才，长大成人之后，每天坐在山巅上，和年轻美貌的母亲互相应和。春天到了，这对幸福的母子，便互相偎依着，在花香鸟语的春夜里高声歌唱。由于自然的定律，两人就在夜幕的掩护之下犯了罪。天明后，发现自己的羞辱，作母亲的不敢再下山去，在无穷的悔恨里，绝望地哀哀哭泣着；眼泪流尽了，接着她遍山泣血，最后，便在一株古枫树上自缢而死。就是因为这场不幸，这山腰上便长满枫林，一到深秋十月，遍山鲜红如火；更因为枫林由牧羊女血迹所化，较一般枫叶，红得格外艳丽眩眼。而那些居住于河渠两旁村子里的“神仙父亲”的孑遗们，则继续承受着祖先的惩罚，守着一份永远辛劳而贫穷的命运……

现在，离传说中的故事，业已久远到无可稽查；但这凤栖山下河渠两边的女孩子，依然秉承着传说里的传统，美貌，壮健，富于野性，有着一付浑圆迷人的歌喉，以及对爱情的大胆的冒险。不管生活怎样辛劳，她们火一般的热情，却永不消退。在河渠旁边，在山脚下，在茂郁鲜艳的枫林里面，她们创造着美丽的爱情故事，给自己灰黯的生命，编织热炽的喜悦和忧虑……

……

二

哥哥赶牛出田去时，小金兰业已朦胧醒了。她听见哥哥从牛栏里牵出牛，吆喝着，然后牛蹄嗒嗒的远去。她睁开眼睛，看见屋子里还是暗沉沉的，料定时间还早，便伸了伸懒腰，重复阖眼睡去。

一回后，隐隐约约地，她又听见窗外雀子的噪叫；隔壁厨房里，妈和爹在说着什么话。于是，便再一次的把眼睁开，决定起身。她慵懒地轻轻喊了一声妈，没有听到答应，心里微微感到不快。不过也实在不想赖在床上了，便一骨碌跳下床来，光着腿，摇幌着两根业已散乱了的粗黑辫子，快步跑出屋门，双手揉着睡意惺忪的眼，径向河边走。

时间的确还早，太阳刚从地平线冉冉上升。是雾天，由于四野腾着浓厚的晨雾，一丈以外的地方，就被蒙在一片白茫茫的雾气之中。整个宇宙，于这种奇异的幕帐重重掩蔽之下，变成了一个动荡而神秘的存在，一切远山，丛林，土丘，田原和村落，都隐约飘忽，失去了距离和真实，仿佛随时都将被浓雾所带走，甚至阳光也将不再普照大地了。从雾幕里透视过去，远天呈着一种依稀模糊的淡紫色。这种颜色一时显现了，一时又复隐没；而在每一次显隐之间，那淡紫色便发生一次变化，逐渐和雾幕相渗杂，相混合，终至把雾幕挣破了，而淡紫色也即倏时消失。于是，世界的真面目迅速呈现出来，一切隐约飘忽的东西，莫不回复到它们固定的形式。阳光终于降临大地了。河面上，支离破碎的雾气，一阵阵地冒着，仿佛沸水锅里的热气，雾脚迟滞地从水面拔起，一步一步踩踏着，袅绕上升，飘散……。几只过宿的水鸟，从河边枯萎了的芦丛里，鼓着翅膀，啪啦啦地发响；随后，仿佛踌躇了一下，决定自己的去向，就伸直长长的瘦腿，箭一样，突然地穿过雾氛飞去……

小金兰轻声骂了一句，望着雾气弥漫的天，脸上浮现起一个迷惘的表情。

她也踌躇了一下，于是决定走下河岸去。肥满的脚板，踩在浸水的滑溜青石上，有点儿沁冷的感觉。她咬咬下唇，发出嘘吓声，摇幌着辫子。当她每一次举步时，伸出脚去，许久不敢往下踩，仿佛那青石乃是有生命的东西，会蓦地从自己脚下逃避开去一般。走到最下一级，她拉拉衣摆，蹲下身去，双掌勺起清水，往脸上泼着。

水面荡开细小零乱的纹涡，飞起泡沫。一群小小鱼仔，不知来自何处，这时齐集在纹涡沿边，寻觅着食物。小金兰轻轻把手掌伸向它们，又复突然勺起，泼溅出水滴。鱼仔们受了惊扰，迅捷逃开了，但立刻相率地回到她手指间来。她嬉弄着水和鱼，几乎让辫子和衣摆都浸入水里去了。蓦然地，随着一声响，水浪高高跃纵而起，溅湿了她一身。

“咦，是什么‘鬼’呵!”她气愤地站将起来，直跺着脚。

但立刻，她明白那个“鬼”究竟是谁了。她的脸孔马上微微涨红，眼睛也生出了光辉。这时浓雾尚未散尽，空中的雾氛蒙封住她的视线，只能看见对岸一个朦胧的人影；很快地，她从脚下检起一块蛋石，瞄准方向，有力地直掼将过去。

一回儿，在篙子的着水声中，一支敞篷船在雾氛里出现了。篙子从河面拔起时，细小的水点，便像活东西似的飞散开来，纷纷跃回水面，在荡漾的圈涟中，起着疙瘩——一瞬间就消失不见。而当那翘起的船首，急遽地撞在河岸石级上时，小金兰像猫儿一般轻捷地跳将过去，同时，船上一只壮健有力的胳膊，立刻把她擒住。随着一阵娇喘的笑，敞篷船又复迅速荡开……

一刻后，在一株粗拙的古枫树下，小金兰把身子紧紧偎倚在一个精壮的青年农夫的怀里。这青年农夫，有着浓黑的粗眉和锐利的大眼，正如他的名字叫做庚虎，他是一个村子里有名大力的人。这时，他把自己的胳膊围在小金兰颈脖上，抚摸着她粗黑而富于弹性的长发，轻轻地梳理着她美丽的辫子。而她，小金兰，她的两颊腾红，眼眶润湿，沉醉地享受着爱情的片刻。

浓雾逐渐发散，像毛雨一般抛扔着，屯积着。周围的土墩和苇丛，都开始从雾氛里解放出来，现出一种迷离的影子，仿佛是一些虚幻的，难以捉摸的东西，缓缓增加着轮廓的明晰，而终至完全固定。远处，有哞哞的牛鸣声，飘忽地传送过来。适才载负小金兰过河来的船只，这时遭受了冷淡，独自横着身子，寂寞地顺流慢慢往下移行，被雾气所吞没。

“阿兰，讲真话……”庚虎开始着。

“不许讲，”她用手去扪他嘴巴，“什么真话假话，我不爱听！”

庚虎把她的手有力地捏住，如擒住一只小鸽子，轻轻扑动。

“我偏要讲！我等着你爹——”

“你别怨我爹，”她快嘴接道，“你知道我爹人硬心可好，总会有一天心回意转……”

“可是阿兰，你爹人在地上，心可在天上，再也等不到他心回意转，我看定啦！”

“快莫讲这种丧气话，”她说。

“不是丧气话，阿兰，我知道我们不会有好结局的。”

说着这样的话，庚虎脸上罩起一层忧郁。他一手按着小金兰丰满隆起的胸脯，一手摸弄着她发辫；他的眼睛里燃烧着爱情的火焰，在眉宇之间，流露出一种对未来幸福的热切期待。

河岸对面，晨风中传送来父亲金魁爷干哑的唤呼声。小金兰霍地站起身子，挣脱了庚虎的手臂，拉拉衣襟，在庚虎颔角上狠狠地吻了一下，撒开手便跳下河岸。

“船呢?”

“娘的，它蹓跑啦，走那边石拱桥吧。”他接近她，动手去挽她臂膀。

“快找船去，”她拒绝着，“别让人家的船蹓出大河啦。”

转过桥，小金兰带着一种青春的矫捷，奔回家来。从后门边贼忒忒地挨进屋，她脚步放得轻轻的，趁父亲金魁爷还没有发觉她，却在他背后尖起嗓子狠命答应了一声，尾音被一阵不能遏止的激笑所淹没——她原是一个仿佛永远不知愁苦，也永远不会被愁苦所征服的人。

“这野丫头！一大清早野到那里去啦，我还以为跌到河里去哩！”

女儿在后面伸伸舌头，扮一个鬼脸，意思是说，“你这老糊涂，却不说给敞篷船送到虎口里去哩。”

父亲一边假气愤地骂着，一边车转身，吩咐女儿快到厨房里去吃早餐。忙乱了一早晨的金魁婶婶，这时业已把两大碗冒着热气的汤菜饭，安放在桌上了。听见适才对父亲的淘气，做母亲的搓搓手，微笑地望着女儿；在她的表情里有着谴责，但更多的却是一种母性的爱抚。

灶上锅子里，从木盖边发散出一阵红薯的香气。这是金魁婶婶焖给自己作早餐的，她照例把隔日的剩饭加上汤菜煮给金魁爷和儿女们吃。小金兰站到桌边，举起筷，把它塞在嘴边，轻轻啃啮着，并不马上吃饭。她陡地想庚虎那句不祥的话了，在她有着长睫毛的眼睛里，显露出一种揉合恐惧和渴望的光辉。

“这野丫头，心到那里去啦！”父亲又轻轻骂道。

“到对河古枫树下去啦，”作女儿的在心里回嘴，“到虎口里去啦，你这硬如石头的老糊涂！”

但随即，她耸耸肩，迅速举起筷子，端起碗，一个小孩子似的，呼呼出声地吃将起来。

三

目送着小金兰的背影从河对岸消失，庚虎离开石拱桥头，在附近一处芦丛旁边，找到了敞篷船，撑回原来的地方，把它系在古枫树下；然后站在河边，茫然地回味着适才爱情的甜蜜。

浓雾业已完全淡散，大地上的一切，都恢复到原有的清晰。在阳光普照之下，黄褐色的原野，焕发出一种秋日所特有的明朗。天，原是淡紫色的，这时变成淡蓝，非常纯净而高爽。只在远处，在那天和地相接的地方，仿佛正壅塞着从原野退缩的雾氛，凝成一片暧昧的白色。一群白颈鸦，叫噪着从低空掠过，落在一个小坡上，然后又复受惊似的腾空而起，飞向别处……

“莫讲丧气话……”他喃喃着，皱一皱自己的浓眉，做了一个坚决而焦灼的表情。

在河渠两旁一些年青农夫之中，他是最壮健有力的一个。他身材魁梧，肩背非常横阔，而在胳膊和肩胛之间，布满藤蔓一般隆起的筋肉。他的皮肤，由于风吹日晒的缘故，呈着古铜似的颜色。最足以作他面部的特征的，除了那双浓黑的眉毛，还有一口洁白而深藏的牙齿；只有在欢乐纵笑的时候，它们才崭然显露出来；然而他是一个深沉的人，他很少忘形微笑的……

他是凤尾屿唯一的一家异姓人。有人说，他的祖先原是离此几千里外的邻省人，于一次大灾荒之后，流落到这里来的。但据他自己所相信的，则他的祖先是一个有钱的商人，在省外四处经商，过着漂泊无定的生活；后来经过一次巨大的不幸，所有的财产都损失殆尽了，这才定居到凤尾屿来，终于成为这里唯一的一家异姓农民的。关于自己家族的历史，如果不是祖宗的讳莫如深，一定是年代久远的缘故，到如今是业已模糊不清了。但无论如何，在迁居到凤尾屿来的当时，一定是曾经有过不幸的遭遇的，因为自此而后，这一家异姓人，便一直孤零而穷困，从来不曾发迹过。最足以做这种不幸命运的注脚的，就是这家属的每一代，几乎无例外的都是单传。最初，他们可能有两个以上的兄弟，结果却必在未曾长大成人的时候，丧身在各种不同的灾难里。而且，这单传的一个，也往往只在女人肚子里留下一个遗腹子，自己便撒手追寻父兄们去了。同时，这种不幸命运，仿佛和财产一样，也可以携带到别的家庭里去；凡是这家庭的姊妹们，在出嫁时，随同一份贫乏的嫁奁，也携带去一份不幸的命运。这种情形，逐渐成为一种迷信。所以这不幸的家属，非但永远孤零穷困，并且在婚姻嫁娶上，也居于一个非常不利的地位。

然而，庚虎是一个好强的人，对于自己的命运，他决不迷信。他遭受过很多不幸，他的父亲，他的哥哥，都和这家属的祖父或曾祖父一辈一样，很早地便殉身于自己的宿命，先后死在一种不明不白的肿涨病里；现在他的一家，除了老年的祖母和忧郁的母亲，只有一个妹妹，大家守着一份非常贫困的生活，度着凄凉艰辛的岁月。但他，庚虎，却以过人的勤劳和努力，在这小小农村里，为自己造成一个特殊的地位。自然，他并不是不知道自己这家属的暧昧的历史，以及那种宿命的贫困和不幸的，但他完全不介意这些。在他浓眉下那双深邃的眼睛里，时常流露出愤怒和反抗的光芒。

他爱着小金兰！他爱她聪慧明锐的眼睛，爱她乌黑生光的发辫，爱她红润健康的脸庞和发育得异常丰满而美丽的体躯。从自己所爱的人身上，他找出种种和自己相类似的性质。他曾经以一个农民的朴素见地，暗自把她和自己相比较，发现她应该为自己所爱，而且为自己所有！

他爱着小金兰！他爱她的倔强，她的野性，她的过人的大胆，以及她的谜一般难以捉摸的性格。只要和她在一起，只要站在她面前，无论是她的一颦一瞥，一言一笑，都足使他感着诱惑，感着一种不可拒抗的吸引力。在对于异性的选择上，他完全不去顾忌自己这家属的不幸传统，他是一个具有奢望的猎者，他找寻着那些不驯的猎物。他自信是一个强有力的征服者，虽然他也同时明白自己这家属的不利地位。怎么样都可以，他不能让自己的雄心受到磨折！

他爱着小金兰！他觉得有千百种理由来证明，自己和小金兰之间，存在着一种难以说明的默契；而这种默契，乃由命运所铸成，非人力所能阻碍或破坏。他得接受这种命运的安排。如果命运在给他幸运时，先给他以灾祸和苦难，他也并不回避。自己的穷困，小金兰谜样的性格，以及她父亲金魁爷的固执，便是他未来幸福中的黯影。如果小金兰是一枝高墙里面的禁果，那么他便是一个攀爬高墙的顽童。任凭它有多么高，多么危险，他也得努力向上爬，把那红艳可爱的禁果采摘到手。他曾经做过这样的努力了，他业已攀爬到高墙的顶颠了，并且，他的手也业已触摸到那禁果了，可是它对他依然只是一个若即若离的存在，依然只是一个迷离难解的蛊惑！……

他皱蹙一下眉，在枫树下面徘徊着，无意义地吹着口哨。从东方平射过来的阳光，把他的影子和枫树的影子一起投在河边。

“莫讲丧气话！”他喃喃着，向对河瞥了怨恨的一眼。

一只小小木船，从上游顺流而下。船上两个年青人，合唱着一个流行的情歌，摇着橹，迅速直驶。被船艕所刻划出来的漪涟，仿佛要把河水剖分开来似的，向两岸推涌。一处芦荻旁边的鸭群，受着惊扰，引颈呷呷鸣叫。

对彼岸作了最后一次的凝视，庚虎格格作声地展舒着胳膊，更嘹亮地吹着口哨，走回家去。健壮的脚步，踩着卵石子路，蹴蹴发响。而在他年青人的心里，则同时掩蔽过一层忧郁的薄暗……

四

在一所如其说是瓦屋，毋宁说是业已变成茅屋的低矮平房里，这时有三个女性，正在从事着一个农家每天清晨应有的工作。房屋的确很简陋，很老旧，是乡间常见的那种一连三小间的农家屋子。墙是泥土和卵石砌成的，有着修补的痕迹；屋顶，在熏黑的不很规则的杉木椽上，一部分覆盖着极不整齐的旧瓦，另一部分，则补塞着稻秸。屋子里的陈设器具，亦莫不褴褛破碎，充分显示出这一个家庭历来生活的凄淡惨苦。

三个女性，代表着一个家庭的三代，她们是庚虎的老祖母，母亲和妹妹。老祖母的头发完全银白了，稀稀疏疏的，在后脑部分梳成一个小得可笑的髻子；然而她的颜面，却是和白发极不相称的白皙，虽然业已到处出现着皱纹了，双颊却微微发红，加上那即使到达老年，也依然是端正有肉的鼻子，使人想像到在她年轻时代，一定是一个乡里间的漂亮人物。只是她的牙齿业已几乎全部脱落了，当她说话或是微笑的时候，便露出婴儿似的红龈来。她的一举一动，都大方而尊严，和她身经的辛酸生活，不相调和；并且和这里大多数女人一样，她是到了老年，也依然十分健康的。这时她正在帮助孙女，把一大箩筐黑豆倒到另一个小簸箕里去。

她是一个非常善良的老妇人。当她正满二十岁时，刚刚结婚后三个月，还时一个美貌而丰满的少妇时，她便成为不幸的寡孀了。数月之后，她生下一个遗腹子，于是，开始以自己宝贵的青春，和渺茫无尽的艰辛岁月结下不解缘，度着那种即使在偶而的回忆之中，也不禁要为之酸鼻的贫困日子。怎样的忍耐！怎样难堪的清晨和日暮！……如果有人曾经在这破陋屋子的窗口，窥看过年青孀妇在孤灯之中抱着婴儿流泪的景象，将难免怀疑到这样一对无助的孤寡，是否能经受如许无穷的凄淡岁月！但她竟奇迹似的挣扎过来了，而且人们从她所得的，往往是一种异常和悦的印象。如今她老了，她给别人的印象却一直没有改变。大家都认识她灵魂的纯良，称她为“好心的安隆奶奶”——这名称，对于一个异姓人，尤其是一个穷困的异姓人，在凤尾嶼一般居民中，是含有很大的尊敬的。大家都爱她，同情她，也怜悯她。但命运却不因此而饶恕她，生活的重荷，直到迟暮的老年，也依然没有从她衰老的体躯上减轻；在困苦的家计和可怕的宿命上，她的忧虑无穷……

当孙女把豆子提到屋后空坪上去晒时，安隆奶奶回过头来，对坐在灶门下忙碌安排早餐的小隆婶婶，问道：

“你留心到吗，虎儿妈妈?”

作媳妇的小隆婶婶，从灶门下抬起头来，脸上浮现着疑惧的表情，默不出声。

“你没有留心到，庚虎这孩子，近日来有点儿神情不宁吗?”

“啊!”她简短地回答。

老祖母会意地看了她一眼，也便不再说话，走向后门，帮孙女晒豆子去了。

庚虎的母亲小隆婶婶，是一个沉默的，近乎带有几分怪癖的妇人。个子瘦小，脸孔尖削，眉毛压着眼角，颧骨微微高凸，终日寡言寡笑，嘴唇永远紧闭，和婆婆不同，她被称为一个阴郁的人。她比婆婆幸运，成孀妇时业已是三个孩子的母亲。据说，在丈夫离世之前，她原是一个快活的人；她那张如今很少启开的嘴，当她自觉是幸运的宠儿时，曾经整天歌声不绝。她的喉音好极了。虽然她身材矮小，面貌也并不怎样出众，但在她的处女时代，靠着她的歌喉，曾经成为不少年青农夫的恋人，因而获得了一种不很体面的名声……她嫁到凤尾嶼这家不祥的唯一的异姓人家来，也曾经力排过众议，和父母顶撞过来的。她的倔强性格，使她能够承当幸福，也能承当苦难。她很快的给这世代单传的家庭，生下两个男儿和一个女儿，她觉得自己竟可以打破宿命了。但命运的力量终究是难侮的，体格魁梧，壮健力大的丈夫和一个正待长大成人的儿子，于短促的半年之内，相继被病魔夺去了，一下子把她推入不幸的深渊里了……

她是非常习熟儿子的性格的。无论外表和内心，庚虎都是死去的父亲的化身。她知道他为什么神情不宁！一个年青男子，除了爱情而外，还有什么能使他神情不宁的？爱情不是一件坏事情。可是这个不幸的母亲，从自己的经历里，她悟知到一种过分强烈的爱情，往往总是和一份巨大的灾祸相结连的。在人世上，幸福无论如何比不幸可贵，就是因为它是不常存在于人世的缘故。生命诚然对每个人都重要，而爱情则比生命更重要；但是，我们看见过永远是幸福的爱情吗？现在，她不愿意再去回忆自己生命里那场爱情的冒险了，可是儿子近来的神情不宁，有如一面镜子，照见了自己的过去。她，作为一个母亲，仿佛在儿子尚未获得幸福以前，就预见到他的不幸了。

“他，神情不宁……”她喃喃着，手里的盘碗，几次放错了位置；而在她的眼眶里，也业已被蓦地涌上的泪水所充塞，虽则她迅捷地把它揩去，随即又复朦胧模糊起来了……

在屋后小小空坪里，老祖母安隆奶奶正在和孙女铺晒黑豆。这种黑豆，是农家重要的第二熟。稻禾结实的时候，农民便在稻丛里撒下豆种；而到金谷收获之后，碧青的豆苗便铺满田畦。收拔豆茎是割稻后第一件大事。从茎荚上拍打下豆子，在收藏之前，又需要一番铺晒的辛劳。

“奶奶，你放着！”孙女阻止着老祖母。

安隆奶奶并不肯放手，她健旺地举起竹篱，把豆子在笪席上摊扒开来，一边问道：

“虎妹，你说，你哥哥这一向着了什么魔啦，总是这样神情不宁？”

“哥哥神情不宁？”

“神情不宁！非常的不宁！前天……是前天吧，我亲眼看见他来的！”

“看见他怎样？”

“看见他……先在河边来来去去的走了一通，后来便一直朝着美奂常屋走去，身子只一闪，好像走进常屋后面那竹林里去啦！”

“什么？”

“幸好马上又看见他走出来啦，走到常屋那一边路上啦，并没有当真走进那竹林……”

美奂常屋后面的竹林里！……孙女虎妹变得满脸通红了……

为了掩饰自己的惶惑，这个和哥哥一样壮健高大的少女，便蹲下身，用红润的手，更有力地摊扒着豆子；茁壮丰满的身肢，显现出非常完美的曲线。

她今年才十七岁；但从她的身材和体态上，人们将要把她看作比她实际年龄更大些。她和哥哥庚虎，都从死去的父亲，承继下魁梧的体躯；虽说过于高大的体躯，对于一个女子不甚相宜，但在她却显得苗条自然，十分相称。加之健康红润的脸庞，清澈而端梢稍向上翘的眼睛，细小洁白的牙齿，浓黑而粗硬的头发——她并不把它梳成辫子，只是随便地让它巫女一般地松散着——使她成为一个引人注目的少女。和体格一样，她的性情也是早熟的。她知道自己所属家庭的悲苦命运，不过她更相信自己的美貌和能力，在别人应该还是一片荒芜的心田里，在她却业已为自己埋下秘密的种子……

雾气完全散了。在清晨的阳光之下，笪席上的豆子，闪耀着一片晶莹的黑光。工作完毕了，她收拾着簸箕和竹篙，准备回屋。

“奶奶，回去吧，”她招呼着老祖母。

正暗暗吃惊于孙女的突然沉默的安隆奶奶，露出龈肉，慈祥地微笑着。这时跟随在孙女后面，望着她松散的粗黑的头发，在老人饱尝世故的心里，轻轻掠过一阵疑云。

五

当庚虎一跨进家门，破陋的屋子，便蓦地显得更加低矮局促，仿佛将容纳不下这样一个高大男子的躯体似的。他不安地在屋子里转动着，吹着口哨。

三个女性一齐关心地望着他，好像他刚刚远行回来似的。作祖母的对他微笑着，问道：

“到那里去来呀，庚虎？”

“河边枫树脚下，”他随随便便地回答，自找一条矮凳坐下。

虎妹正在捆扎一束稻草，她要把它做成一个赶吓鸟雀的稻草人。这时，仰起头，瞥了一眼哥哥。想到美奂常屋后面的竹林，她的脸又一次的飞红了。她镇静着自己，想对哥哥说一句什么话。她自己心里埋着秘密，她也知道哥哥心里的秘密……但是对他说什么话呢……

“哥哥，你帮我做一件蓑衣！”终于，她这样说了。

庚虎默不作声，但马上站起身来，动手给妹妹的稻草人做着蓑衣。他依然吹着口哨，把稻秸拆成细条，披在稻草人身上，用绳子编织着。

很快的，兄妹两人把稻草人做成了。妹妹高兴地踪跳着，把它插到屋后空坪里去，使它给笪席上的豆子驱逐贪婪的猎食者。哥哥跟随在她后面，也一起走出后门，他是很爱妹妹的，凡是足使妹妹喜悦的事情，他也都感到喜悦。

“刚才我们正谈论你来呢，”在插稻草人时，虎妹笑着说道。

“谈论我什么来？”

“谈论你……”她诡谲地眏眏眼，“我们谈论你……不过你自己猜吧。”

庚虎露齿笑着，眼睛生光，充满爱抚的表情。

在妹妹面前，庚虎是从来不大隐瞒自己的，他把她当作自己唯一信托的人。妹妹话里的意思，他自然十分明白。他只是含有深意地笑着，并不回答。

见到他不作声，作妹妹的故作庄严地突然问道：

“哥哥，说真话，今天早上看见过‘她’没有？”

“她？谁？”

“谁？好像你当真不晓得似的！除了那个双辫搭子的‘她’，还会有谁！”

两人都笑了起来。

“你问她做什么？”他反问道。

“不做什么,”虎妹从笪席上拣出一个小小石子,“不过今天早上奶奶说——”

“说什么?”

“说你心情不宁!”

庚虎微微涨红起脸,沉默了。做妹妹的知道他沉默的原因。因为,她非但了解哥哥的忧虑,而且也分担着他的忧虑。如像自己这样的异姓人家,这样一个被目为不祥的家庭,哥哥的心愿,显然是一种近乎可笑的奢望。最重要的,他目前的行动,很可能产生另一种坏影响。老祖母是可怜的,她所经受的打击业已很够,如果她得知自己孙儿难免又将蒙受命运所赐予的委屈时,悲惨的宿命的重压,势必成为她风烛残年最难堪的荷负……

回到屋里,一家人围坐着吃了简单的早餐,庚虎便到一个小镇上去购买食盐。小镇在八里路外大河埠头上,通常每隔一个月,总要去赶一次市集。

待庚虎挑着箩筐上路时,作妹妹的赶将上去,大声呼喊道:

“哥哥……忘记告诉你啦,给我买一把梳子,漆牛骨嵌螺锭的……”

在美奂常屋旁边,她赶上了他,微微喘累着。作哥哥的接受了她的要求,重新走去;虎妹却又复把他喊住道:

“哥哥,别忘记再买一把更好看的……”

“再买一把?”他站住不解地问。

“你难道忘记啦，我是说再给‘她’买一把呀。”

兄妹两人又一次的同时笑了。她向他扮着鬼脸，而他，则对她做着威吓的手势。

当他重新上路时，望着哥哥高大健壮的背影，虎妹微微怔住了。哥哥岂不分明是一个漂亮男子吗?在河渠两旁，在自己村子里，还有谁比他更能吸引异性的爱慕?……以一个女性敏感的心，她不懂分担着哥哥的忧虑，而且为这感到难过了。哥哥的命运，也便是自己作妹妹的命运呵!……

她站着。适才还是欢欣鼓舞的脸孔，逐渐为一阵陡起的绝望的表情所笼罩。野风迎面轻轻吹拂，掀动着她的长发和衣角。

在一个转弯的地方，哥哥追上一群同是赶市集的伙伴。她也便车转身来，迅速回家；她的脚步跨得很急遽，但却很不平稳……

而在同时，在河渠对岸，正有另一个女郎，倚在门边，遥望着站在去小镇路上的兄妹；一只手紧捏着自己一边辫子，她脸上呈露出一种甜蜜而迷惘的表情。这会，看见那做妹妹的业已回头来了，她也就把自己的身子从门边隐去。

六

在家庭里，小金兰占有着一个特殊的地位。她是父母的“掌上珠”，哥哥也非常疼爱她。这不仅仅由于她生长在一个小康和平的家庭，更由于她天赋的聪慧。那有不爱儿女的父母？何况从婴儿时代起，她的清秀的眉目，她的过人的机敏，便赢取了全家庭的溺爱和疼惜。她是坐着幸福的船来到人世的，但现在，她将开始遭遇到忧患的风浪的袭击了。

然而，即使这样，在外表上，她始终是一个活泼愉快的少女。她的喜怒哀乐，常常是无定的，不可捉摸的。当她还是一个不解世事的儿童的时候，她就会在纵情欢笑时，突然敛住笑容，仿佛有一个什么重大的思想，无端闯入她稚弱的心灵一般。作母亲的往往说她是一个“腑脏很深的孩子”；而父亲金魁爷，则含着微笑，对女儿摇摇头，说：“唉，这小丫头！”他没有说出的意思，应该是……但一个做父亲的人，怎能在女儿尚未长大成人以前，对他说出不甚吉祥的预言呢？或许因为这缘故，他便更爱她些，觉得能够把自己做父亲的爱，多灌注一分到女儿灵魂里去，就可以偿赎一分她将来可能遭遇的不幸似的。

这真是不可思议的！也许会有人说，“像小金兰这样一个聪明爱娇的姑娘，难道也会有一个不幸的将来吗？”是的，谁能相信呢？如果有人把父亲的忧虑告诉小金兰，岂不会惹起她一阵朗声无邪的笑吗？在她纯洁的生命里，充满着阳光，爱抚，骄矜和幸福，和忧虑是无缘的。她自己很少去悬念那遥远的将来；因为，现在的幸福，尤其是一个心身都臻达发育期的少女所最引为荣耀的，从四面八方投来的青年异性的爱慕，已使她享受不尽了。什么叫做不幸？什么叫做忧虑？她从来不会去思索它们；既然它们是自己生命以外的东西，为什么要去顾虑它们，思索它们呢？……

但现在，她是第一次遭遇到忧虑了，而且，也第一次感觉到那笼罩在遥远的“将来”上面的暗影。在河渠两旁，在附近一带村子里，在群星拱月似的向她投来爱慕眼光的那般年青农民当中，她的心独独为出身于不幸家庭的庚虎所动了。她是勇敢的，对于爱情，更富于冒险的幻想。这种性格，仿佛和一个安分守己的农民的传统，不很相调和似的。凡是愈难得到的东西，她便愈想得到它；并且，也唯有愈难得到的东西，才能餍足她的欲望。她完全不知道父亲对自己的隐忧。在她眼睛里，父亲和母亲一样，是这世界上最爱她的人——什么都依从她，什么都使她满足的人。她不相信世界上有不可能的事情，有不可得的东西。因之，当她把自己爱情的秘密向母亲宣布了，却从母亲那里得到忧虑的回答时，她简直惊愕不置了……

“什么?”一天晚上，母亲金魁婶婶吃惊地抓住女儿圆润的手臂，说道，“你说什么？……你说的是那个安隆奶奶家的孩子吗？你难道不知道，他家里是祖宗不明，从来都不会发迹的吗？你难道没有听说过，他家的男人，从来都不曾活过三十五岁的吗？安隆奶奶，小隆婶婶，难道你——我的女儿——也愿意去做她们的孙媳妇和媳妇，和她们一样吗？……快莫让你爹听见，他知道啦，会给你这样的坏心思着急死啦！当心以后再莫对你妈说这样的疯话!”

听了母亲的说话，做女儿的一颗心往下沉落了。这太出她意料了！她低下头来，把脸靠着母亲的胸口，鼻子开始发酸，而眼泪也随即渗出了眼眶。她默不作声，让眼泪顺着颧骨流下，浸湿着母亲和自己的衣襟。她知道母亲说的是真话，同时感出了母亲言语里不可抗的重量。母亲是为了爱她，才惊慌失措地对她说出这样的话来的；自然，做母亲的人，完全没有想到自己的说话，在女儿心灵上会是怎样重大的荷负！……

坏心思！疯话！母亲微微震颤的说话，沉重地撞击着小金兰的心。尤其使她惊奇的，庚虎那样一个魁梧难侮的男人，竟然是生长在那么不幸的家庭里的！这事情自己从未想到过，如今经母亲一提，便恍然从梦中惊醒一般，感觉到自己也业已跨入那惨苦命运的门槛了。难道重新拔脚自救吗？难道自己和庚虎之间所生的那种神秘的吸引力，乃是一个欺谎吗？但这只是一瞬间的事。她马上镇静住自己了，把脸从母亲胸口抬起，揩干了眼泪。

和一切农家少女一样，小金兰也有着早睡的习惯。白天在山野间赤脚奔跑，晚上原该有很甜蜜的睡眠。但这一晚，她竟失眠了。一些从来未曾在她单纯的心里出现过的事情，蓦地拥将进来，把她的情绪完全搅扰得麻乱了。她咬着下唇，一只手拉扯着自己的发辫，一只手紧紧扪着自己跳动起伏的心胸，仿佛恨不得要使自己整个毁灭似的。她想决定什么事情，但什么事情也不能决定。窗外是秋天萧杀的夜风，室内是无穷限的黑暗……时间过去；鸡鸣声蓦地传来了，远处和近处起着应和……眼泪开始从她长睫毛的眼眶里流渗出来，簌簌有声地坠落在枕上；最后，她吃吃地啜泣了起来……

同一天晚上，母亲金魁婶婶也一直未曾入睡。对于女儿，她虽然没有父亲那种可怕的预感；但也觉得，女儿不像自己，在女儿深邃难测的腑脏里，一定隐伏着什么危险的东西。她小心翼翼地提防着女儿，害怕她会在自己一时的疏忽里，闯下懊悔无及的祸事。但是，女儿年纪轻轻，能闯下什么祸事呢？所以每当她从纵笑中突然沉默下来时，作母亲的立刻追问道："你想些什么事情，这样失神失魄的？""我想什么，"女儿笑着回答，"我什么也没有想！"果然什么也没有想，她立刻又复纵笑如故了。可是在每一次同样的事情发生过后，做母亲的总要怔忡很久，总感到女儿的心，离开自己更远了一步。

在体态上，女儿有几分像母亲；但在性格上，便完全不相同了。金魁婶婶一生谨慎小心，安分守己，有时简直有几分近乎怯弱。她出身五里外一个小小农村上一个小康的农家，父母都很疼爱她，虽然杂在一些村野间放肆大胆的女伴当中，她也显得很诚实慎重。她的姊姊出嫁到城里，成为一家鱼行的主妇；别人都以羡慕的口吻谈着这事，但她依然无动于中，对于姊姊的幸福，持着一种与己无关的淡漠态度。她对自己的将来，也没有什么遐想，从来没有自主的意志。出嫁之后，她变得更加胆小，更加安于自己已定的命运了。无论对于丈夫，对于儿子或女儿，她一律小心虔诚。自然她非常爱他们，一如以前的爱父母兄弟。她很有福分，一切都平安如意，没有什么惊风骇浪——那是自己脆弱的神经所不堪忍受的。丈夫爱她，女儿也都长大成人了，人生的任务，在她业已完成大半了……

可是，出其意料，女儿告诉她，说是爱上了安隆奶奶家的那个庚虎，而且决心嫁到那样一个贫穷的家庭里去，做那历代都是在很年青的时候便成为寡孀的女人们的孙媳妇和媳妇了！这是怎样可怕的事！小金兰，自己唯一的女儿！……作母亲的几乎预想到女儿，在不久之后，便将抱着一个初生的婴儿，站在病榻前面，满面流泪地望着奄奄一息的男人……想到这里，她不禁浑身颤栗起来了。

“不能！怎么也不能！……”她在心里喊着。

是不是要把这个可怕的消息，也告诉给女儿的父亲知道呢？还有她的哥哥？……

女儿是倔强的！母亲的眼泪，不能在她心里起什么作用。怎样才能阻止她，才能扑灭那业已在她心里开始燃烧起来的孽火？说得更明白点，怎样才能挽回这可怕的命运？可怜的母亲！愈想便愈觉得问题的严重，愈觉得自己的孤立无助了。只有一样，她是决定了的：她绝不能让女儿成为那个不吉祥的家庭里的媳妇。但是她将怎样办呢？

啊！假使女儿能听从自己的话！——只要女儿能答应打消那个可怕的念头，做母亲的什么不可以依顺她呢？

“我只有告诉他，告诉老头子……”她喃喃着，终于这样决定了。“自然，我要隐瞒一些，我只说并不是我们小金兰……而是人家……有人那么想就是啦！”

七

……老父亲出田去后，小金兰坐在门槛上，落漠地剥吃着鲜甜的柑子。

柑子是安隆奶奶家送来的。那个不幸的异姓人家，于每年后园柑子成熟时，安隆奶奶就把最先成熟的柑子采摘下来，分送给左近邻家。在凤尾岘，这不幸的异姓人家，享有着一个种子最好的小小柑园，非但果实硕大，而且异常香甜。善良的安隆奶奶，为了博得四邻的欢心，总是把最早最好的果实，作为贫穷生活中最奢侈的赠物。

安隆奶奶的分赠柑子，在村子里，业已是十分习熟，且也是十分平常的事情。但现在，小金兰吃着柑子时，情绪却又不同。她觉得柑子的味儿，比往常更加香甜；而且，由它所带来的温情，也使她感到一阵莫明的迷乱……

这时，四野初秋的晨雾，业已消退；林丛，河道和远处的山峦，逐渐显现出它们的形相，随着初上的阳光，展开一个广大无极的宇宙。

顺着河渠，一些蜿蜒屈曲的田塍，划出错落不齐的黑线，分开一片平坦而空旷的原野，仿佛是一个心裁别具的画家所制成的图案。碧青而淡泊的天，压在那除了几处有一些憔悴的野草和林木的苍茫的暗绿而外，就全部袒露着土黄的凄寂的景色之上。远处原来白色朦胧的幕帐，业已完全撤去，可以看到那伸展到无穷极的原野的尽头。

小金兰把柑皮撕碎了，一片一片的，她信手将其抛掷在河面上。看着它们在众多鱼嘴的抢夺里打着旋转，慢慢地往下漂荡，有的逐流远去，有的则遇到芦苇的障碍，搁置在岸边，微微荡动……

柑皮撕掷完了，手在衣襟上拭干，然后又复满足地伸出舌头，出声地舐了舐嘴唇。

她想到一刻以前，父亲金魁爷安排好收掘红薯的簸箕和箩筐，吩咐儿子金豹先挑着出田去了，自己却走到门边，又复迟疑地走将回来，神色隐郁地，低沉着声音对她说道：

“阿兰，好好的在家里帮妈妈做事，不要尽花脚猫似的瞎跑！”

“知道，”女儿不愉快地回答，脸微微红了。

“尤其是不要——”

“不要什么？”

“唔，不要过对河去！十九岁啦，行为总要检点，省得别人闲话！”

在那一刻，父亲那种老年人的唠叨，在小金兰心里引起了强烈的反抗的情绪。显然地，父亲言语里含有的用意，证明自己的秘密业已由母亲向他宣布了。疼爱女儿无微不至的父亲，从来不曾对她有过这种责备的口吻。她几乎要为这而哭出来了。但在这时，这种情绪业已过去。父亲是可怜的，他老了，不能了解一个年青人的心。他原是很爱女儿的，直到现在，他仍然爱她。他的责备因关心而来。她相信父亲决不致成为自己的障碍。这时，被搅扰于这种不甚愉快的思虑，她倔强地摇摇头，特意使自己的发辫，左右幌荡起来。

望着对河那株笨拙的古枫树，在她心里，被勾引起一种依稀的情思。她站起身来，朝前面踱了几步。

一只水鹅鸟蓦地飞来，从河渠上掠过，在水面上投下一个影子。她继续在平滑的石铺的河岸上走着。最初她似乎并不曾留意到自己的行动，而当她突然惊觉似的想起自己行动的目的时，便微微飞红起脸，娇羞地垂下头来。

她稍稍踌躇了一下。她的心跳动着。她向左右环顾了一回，犹豫地，不知怎样才好地转着脚根，同时，一只手习惯地拉扯着自己的辫子。

突然地，她咬咬下唇，被怂恿于一种陡起的力量，快步跑过石拱桥去……

“我到什么地方来啦?”

小金兰在一个短短的围篱旁站住了。她镇静了一下，发现自己业已来到安隆奶奶家的柑园边，只隔着一块小小空坪，便是“他”的家——几间几乎是歪斜的，低矮的，顶上补塞着稻秸的瓦屋。

她的脸孔突然变得通红了，一颗心也开始了更剧烈的跳动。

慢慢的，她回转身，走了几步。到底为什么要到这里来?难道打算一直跑到“他”那褴褛的家里去找他，把几天前那晚上母亲的说话，和今天早上父亲的责备，统统都告诉他吗?还是以为他会在这柑园旁边等候着自己呢?这一切，连她自己也不知道。一个人在激情的冲动之下，真会做出不可解释的疯狂行为来。她为这而感到羞惭和惶惑了。

“我……如果真的碰到他呢?”她迷惘地自问着。当真，如果就在这柑园旁边碰到他呢?她将对他说什么话?站在这样的路上，她和他两人……别人看见了将要怎样批评她?这样一想，便觉得如今自己是站在一个危险地带，非马上离开不可了。

“到那里去呀，小金兰?”

一个邻人，一个村子里有名的长舌妇，蓦地迎面走来，以微露惊讶的眼光端详着她，微笑地问道。

“我……到甲申婶婶家去借细孔筛子来，”她惶惑地回答，脸又飞红了。

待邻人过去后，小金兰慢步往回家的路上走。但在应该转弯时，她却一直向前面走去。如果就这样回家去，那是她所不甘心的。

前面，是美奂常屋。——这是凤尾岰全村人的公屋，位置在村子下首，占据着一片平坦的草坪的一角。在它后面，一半为一个扇形的小小竹林所围护，一半则是由一些野桑，棪本及刺橘所组成的小小丛林，作为鸟雀们的栖宿之所。如同那暗黄色的在村屋中显得最辉煌的常屋，是全村一个公共议事和举办什么喜庆大事的地方一样，一到收获期，常屋前面的空坪上，便紧密地排列着几十条笪席，铺晒着金谷；而一些看守谷子的女人和孩子们，则坐在常屋两扇彩画大门前的石级上，互相谈笑和嬉戏。然而在常屋后面的竹林里，却没有人敢走进去。因为相传在那里面，曾经有过一对年青男女，为了一场无办法的恋爱，在两株特别高大的竹子上双双自缢；事情发生后不久，有人看见过那对情人，每当日落黄昏，就并肩坐在竹林里一条青石凳上面，哀哀哭泣。从此以后，这竹林便变做不吉祥的禁地。现在，由于绝少人迹的缘故，里面遍地都是野草蔓生，成为蛇虫世界了……

当小金兰走到美奂常屋前面时，她暗暗为自己的行动吃惊了。到这里来有什么目的？——没有目的，但她的心里发着闷，必须再在外面走几转。

她终于走向常屋门前，在石级上坐下了。

这时空坪上空无一物，除了常屋后面林丛里鸟雀的噪叫而外，也没有任何声息。清晨的空气，新鲜而甘美；从四野吹来的风，微微带着深秋的凉意。天壁呈着碧蓝，纯白的云层，以一种神奇的姿态，轻羽似的，在天边缓缓地浮游着。原野空廓而颓唐。一只灰色小雀，被从半空直扑下来的苍鹰所追逐，一颗石子似的坠落下来；大概那不幸的小动物业已受着撞击，落下地后，便不再见它重行飞起，空中飘着几片细小的羽毛。

小金兰站起身，奔向小雀下坠的地方。她看见在收获后的稻田的土沟里，那只被追逐的灰色小雀，羽毛零落地躺着，毫不动弹了。可怜的渺小的生命！在一刻之前，它的小小胸脯里还悸动着，它的小小嘴巴还歌唱着爱情……但现在，在一场突然的难以堤防的灾祸里，它死了，永远地死了……

怀着怜悯的心情，回到常屋门前，重新在石级上坐下。不知道什么缘故，在她心里，为一阵蓦地而来的忧郁蒙住了。她俯身凝视着石级旁边一群黑色小蚂蚁，它们忙碌地奔走着，找寻着食物。在它们之中，是不是也有着爱情和爱情的烦恼呢？除了找寻食物，它们难道没有别的事情吗？……

“阿兰！”

这突然而来的呼唤，几乎把她的灵魂吓出体了。她猛然跳将起来，仿佛从地下钻出似的，庚虎业已站在她面前。

“什么？……是你……你！”她慌乱地说着，觉得全身的血液都向脸上涌涨。

“是我，”庚虎的眼睛放射着锐利的光，“我在后门口看见了你，以为你会一径到我家里来；后来你打转身走啦，我便跟着你来。不过我兜了一个圈子，我是从后面竹林里穿过来的。”

“从竹林里？”

“不错，从后面竹林里，我怕别人会看见……可是，阿兰，你怎么……”

“我……我心里害怕……”

“不要怕，”他伸手抓住她肩膀，“你跟我来——到后面竹林里面去！”

“不……庚虎……我害怕……”她浑身颤栗了。

“不要怕，阿兰……我有话和你说，站在这里很不方便，你跟着我来！”

“不……庚虎……”

但不由分说，他有力地把她挽向常屋后面去了。

这是第一次……

但是年青人在爱情上是不知道害怕的。竹林里面虽然有过可怕的传说，既经走进去过一次，便有胆量继续第二次，第三次……愿上苍保佑他们！

八

“爹，你说什么?”双手掀着红薯蔓性的长藤，金豹漠然地问道。

业已到收获期的红薯，几乎在每节藤子上，都生出长长的须根，必须细心把它们掀拔过来，才能动手用弯刀刈割蔓藤和用锄头发掘根实。金魁爷坐在田塍上，抽着一支短短的旱烟管，山羊一般的花白胡子，微微抖颤。

“我说的是阿兰，”他低沉地回答，“难道连你自己妹妹的事情，你也没有听说过？……”

“阿兰的事情?”

“前些日子，你妈告诉我，说是她和安隆奶奶家那个庚虎……难道你没有听见过别人的闲话?”

“没有，”儿子摇摇头。

金魁爷抬眼望了儿子一眼。从儿子简单而淡漠的回答里，仿佛听出一种异乎寻常的东西。儿子是俯着身子在掀翻红薯的长藤的，只能看到他的半边额部和后脑。

生长在山野里，在风吹雨打里长成的，儿子的体格当真和豹子一般健实。他的皮肤呈着酱黑色，他的肩膀很是横阔，筋肉也异常发达；无论做什么事情，他都仿佛永远是在进行什么有趣的游戏似的，不以为意。在村子里一般年青农夫当中，他自然也是一个风流倜傥的人物，如果人家对妹妹当真有什么闲言闲语，他那能全不知情！

但假使作父亲的能够看见儿子的脸孔，便可以看出，这霎时在他脸上掠过的那种异样的表情。安隆奶奶家的！……这凤尾屿唯一的一家异姓人家，这祖先不明的，有着不幸的宿命的人家，在这年青农夫心里，发生了什么影响了！……

父子两人一齐沉默了。红薯藤上的根须，在被迅速掀翻开来时，沙沙作响。吸完了烟，金魁爷站起身来，开始挥动弯刀，把红薯藤割起，然后准备用锄头挖掘泥土下面肥大的根实。一只长嘴蛎鹬，从附近河渠旁边芦苇丛中飞腾而起，拍拉拉地掠空而过，在水面上掠过一个模糊的，一瞬即逝的影子。

同时，在金豹脑子里，也掠过一个回忆的影子……那是大约在三个月以前……

……黄昏时分，暮霭从远处天边开始逼近，大地上一切物象，一律被蒙上一层薄暝；从四野吹来的风，把白天遗留下来的夏季的炎热，一遍一遍的赶逐到天外去。他刚从田间回来，想在天完全黑下来以前赶回家里。他袒开胸部，跨着急步。风从后面吹来，为汗渍弄湿了的短衫，业已完全干了，便和翅膀一样的扑动着。

“嗬——嘘——”他呼唤着风，张开双臂，几乎飞奔起来似的，轻快地跑着。

天壁由碧蓝变成灰暗，日落处的淡黄晚霞，也业已消失殆尽。暮霭愈益浓厚了，变成一种不可捉摸的东西，向前后左右拥泼而来。天和地模糊成一片。河岸和田塍上的林树，如像是一些蹲伏着身子的巨人，逐渐被黑暗所吞啮。在暮风的拂弄之下，稻禾荡起一阵沙沙的骚响，仿佛是千万匍匐拥挤着的顽童，互相轻轻耳语道，“黑暗来了，夜来了……”

转过一丘蔗田，他看见不远的前面，也有一个人在迅速赶路。在黑暗朦胧中，看不清楚那究竟是谁；但从被暮风扬起的长发的飘动上，可以断定那一定是一个女人。

“那一个？”他喝问道，更快地举着步。

听见有人喝问，那人仿佛站住了，回过脸来了，但并没有回答。

他又大声问了一句。

“金豹……是你吗？”

“是你，”他赶将上去，“虎妹，你从那里回来？”

“河边回来，”她回答。

“你……你背着网吗？”

“是的……是网，哥哥还在那里下虾笱……”

两人走近了。在黑夜开始前一刻的薄暗里，在白昼将尽的最后微光里，他看见她投给自己的喜悦的一瞥——这黑暗朦胧中的一瞥，有如一道电光，从他心上掠过；他清清楚楚地看见她明澈的眼睛的一瞥，是那样迅捷，那样不可捉摸，同时又是那样含着柔情的一瞥啊！人生往往有着神秘的瞬间，壮健粗犷的金豹，这时一颗心立刻剧烈地悸动起来了。

“这网……不是很沉吗？”他跨上一步，和她几乎相并了。

“不沉，”她依然向前走着。

“给我——”他说，声音微微发颤；他的手触到网上锵锵作响的锡坠子，要把它从她肩上卸下。

“不……”

虽然嘴里轻声拒绝着，但当他双手把网提起，放到自己肩上去时，她也默默的应允了。

这时两人的身子，差不多是互相挨贴着的：他阔大隆起的胸部，轻轻磨擦着她的肩背；而她散乱的长发，则不时拂弄着他的脸部。他情绪紧张地走着。同时，贪婪地嗅着从她的长发里发散出来的，醉人的气味。青春的血液，在他全身血管里汹涌奔腾着。一种强烈的，简直无法压制的欲念，一种紧迫的幸福的冲动，使她微微醺醉了……

天色更黑了，夜已完全降临。田野间，开始发出咯咯的错杂的蛙鸣。业经出穗的早熟稻禾，散布出浓郁的微微窒人呼吸的香气。河渠旁边，有着夜鸟的涉水声。而远处水车的嘎嘎声和水的哗哗声，以一种富于韵律的声调传送过来，俨如大地本身在轻徐叹息。

两人默默地走着。谁都没有言语，但谁都感到彼此在霎时间变得如此亲近，可以听到走动在各自胸口里的激情的声音。而且，两人的脚步都变得迟缓了，两人的身子挨贴得更紧了——他简直在推着她走。除了脚步声，只有金豹肩上锡坠子的锵锵之声。

一达美奂常屋前面，两人应该分路了。从安隆奶奶家窗口照射出来的灯光，业已清晰可见。虎妹在分岔路口站住了。

“给我……”她微侧着身子，向他偏过头来。

他没有回答，也没有把鱼网从自己肩上卸下。他的一只胳膊，从她肩膀上伸过去，紧紧抱住了她的颈脖；而他的一边面颊，便顺势贴着她的额角了。

两人一齐站着，仿佛时间也蓦地停顿住了。她顺从地，小鸟似的偎依着他。在他们之间，爱情的生长是如此突然，如此迅速，如此不及堤防。刹那间，充满着他们的生命的，是全部圣洁的感情——它把两人胶着住了，溶而为一了。彼此可以听到对方的剧烈的心跳和喘急的鼻息。在这一刻，宇宙于他们已不复存在，同时沉醉在猝然而来的幸福之中。

“金豹，你放我走吧。”终于，她微微挣扎着，以一种恳求的口吻这样说了。

他更紧地拥抱了她一次，然后轻轻把鱼网从自己肩上移到她肩上。

看着她的影子在黑暗中迅速远去，他完全迷乱了。他依然站着。直至眼睛不复看见她的背影了，这才如梦初醒似的，深深透过一口气……

“不论怎样，”金魁爷把红薯的长藤卷成小捆，排列在田畦上，又复唠叨着道，“安隆奶奶家，总之是不能和她做亲戚走的：多少代来，都是单传，都是还很年轻，便丢下妻室儿女……”

陷入回忆中的金豹，一连扯断了好几根红薯藤，这时便索性停下手来，站着等待后面的金魁爷；等父亲近来了，便突然接嘴道：

“依你说，安隆奶奶家不是只能绝代断种啦！”

“绝代断种?”金魁爷回头看看那从红薯藤下坦露出来的，微微潮湿的泥土，“管人家绝代断种不绝代断种！人家的事情我不管！阿兰可是我的女儿，不论怎样，我总不能答应……”

儿子没有回答，继续迅速掀翻着红薯长藤。金魁爷愤愤地说着，也随即俯下身去，挥动起弯刀。

九

偶然往往是人生的主宰。自从那一次在黄昏的归途上和金豹偶然相遇，煽炽起青春的火焰之后，虎妹一颗一向宁静的心，立刻陷入永无休止的纷扰之中了。

但是，仅仅只有那一次！仅仅一次！……此后，两人自然并不缺乏见面的机会，不过每一次都不是同时有很多别人在场，便是——即使只有两人彼此相遇——他现出要逃避她的样子，眼睛竭力不去望她，迅速从她旁边离开了。最初，对于他这种举动，她是原谅他的，总以为这是一种爱情的羞涩，一个初恋人难免的愧怍和隐秘心理的流露。然而到后来，次数多了，由于每次从悸动到失望，她逐渐怀疑起他的行动，对他种种不近人情的象迹，感到迷惑不解了。他为什么要这样呢？他惧怕什么吗？难道他的心业已有着什么改变了吗？……

为了要证实这种猜疑，她曾经千方百计地探听过，探听他是不是在附近别的村子里有了新的恋人，是不是他对自己的爱情，业已转移到别人身上去了？如果是这样，那么一定要设法去看一看那个能够把他夺去的幸福者，看一看那个比自己更漂亮的敌人……但是没有，完全没有！在村子里一般年青人当中，他虽然也算是一个风流倜傥的人物，同时却也依然是一个有名规矩的汉子；他喜欢在一些姑娘们面前说说笑话，不过他的行动却很谨慎，不肯胡行乱为，所以他一直为自己保持着一个好声誉。在这方面，他和自己的哥哥庚虎有几分相像。别的年青浪荡汉子，往往成群结队，喝醉了酒，坐着小船，到镇上去和那般没甚廉耻的花柳女人胡闹，他可从来没有参加过他们的队伍。至于自己村子里，只有自己一家是异姓人家，决不会有第二个敌人出现的。那么，他为什么要逃避她呢？

“难道我有什么对不起他的地方吗？”她自问道。

她想到有一次——最使她心伤肠断的一次……也是一个黄昏时分，他到自己家里来了。他是为了商议在河渠里筑堤坝的事情，来找哥哥庚虎的。他来得那么突然，使得正在门口补缉鱼网的虎妹，完全惊惶失措了。在黄昏的薄暗之下，她匆匆瞥了他一眼，给他端过一张凳子，又端给他一杯茶——但他既没有坐下，也没有喝茶——默默退到门边，听他和哥哥模糊不清的谈话。在整个时间内，她看见他陷在极端的不安里，特意把背部向着她，两只脚不住移动着，半步半步的向外面挪，仿佛随时准备突然逃走一般。她知道他不安的原因。她也没有心思去听他们的谈话，她的耳朵失掉作用，她觉得周围的一切都在旋转浮动……她的心如像要破裂似的作着剧跳……她竭力镇静自己，她知道这是重要的时机，应该有所表示，应该把他留下，面当面的质问他……

一个突然的决定来到她脑子里，她简直为这而浑身发颤了。“不错，”她昏昏懵懵地想，“我应该这样做——”她完全没有听见老祖母的吩咐，自然也无暇去注意老祖母惊异的眼光，仿佛不是自己在行动似的，她急遽地跑出后门，穿过小小空坪，从柑园旁边，沿着一条狭窄的田塍，向大路飞奔而去。即使是如此短短的一段路，她竟踣跌倒两次，她的手臂为爬在柑园篱笆上的刺藤刺出血了。

没有丝毫犹疑和惊惧，她来到大路上，站住了。这时天已昏黑，远近一片朦胧，低空有蝙蝠无声的巡逻掠食。她等待着，她的心简直停止跳跃了，全身的血液都凝固住了，脑子里也变得空洞无物了……

紧张的片刻！重要的片刻！危险而又充满期待的片刻！……只要一句话，只要一转瞬之间，她便可以从他得到决定了，她便可以给自己的生命一个答覆了。

前面，从自己屋门口那边，他在告辞了……是的，他来了，他的脚步声近来了，千钧一发的时机到临了……

“金豹，等一等，我有话和你说。”她突然站在他面前。

“什么！……你？……”

“是我，请等一等，我有话……”

如像一只受惊的猫，他带着一副粗野的不耐的神色，向他凝视着；他的身子微微向后倾斜，昂起头，完全和那天黄昏时分紧贴着她，用一只手搂抱着她颈脖的情形不同，现在他现出一种非常冷淡的表情；而且，准备要从她的拦阻逃脱掉似的，最初一刻，便把一只脚踏在一边田里。

一阵陡起的，揉合着绝望和愤怒的情绪，控制着她了。她浑身微微震颤着，脸孔完全变成苍白……

“你为什么，”她开始以一种怪异的，仿佛不是自己的声调问道，“从那天起便不理睬我了呢？”

他没有作声，默默地把眼睛从她移开。如果不是天业已黑暗下来，可以看见他那被太阳晒黑了的脸孔上，也一定涨得通红了——但这时，她只看见他的嘴唇动了动，不过并没有吐出什么声音。

“为什么呢，”她继续往下说，“究竟那一天……究竟我有什么对不起你的地方呢？……我看你总是在避开我，总是怕和我照面……究竟为什么呢？”

黄昏后的风，从四野习习吹来。蝙蝠不时在前后左右阴灵似的掠过。村子里有狗吠声传出。在不远的河渠上，夜归的渔船，款款驶过；船夫轻轻哼唱着模糊的歌辞，如像是醉梦中的呓语。

金豹依然默不作声，只不安地扭动着身子；双手仿佛无处安放似的，一时横在胸前，一时又复别到背后。

看到他这景象，她接着以更严峻的声调说下去：

“你说话呀，为什么不开口了呢？究竟你心里怎么想……还是你已经有了别的女人……比我漂亮，也比我能干……盘归盘，碗归碗，你总要给我说一个清白……”

正在这时，从村口传来脚步声，一个什么人朝他们走来了。两人同时向那边望去。凑着这时机，金豹以无比的敏捷，从她身边一下挨擦过去。

他迅速跑掉了……

是的，他始终没有说一句话，就跑掉了。事情过去之后，对于自己这次莽撞大胆的举动，她懊悔到极点。为了这，他将怎样想呢？他会把她看成一个怎样不值价的女人呢？最重要的，他如果把她这种行为，当作笑话，转告他的伙伴呢？——在那一刻，她真想钻到地底里去，真愿意脱离自己生命的累赘，永远不和世人见面了……

但是，他为什么不说话呢？

他没有话说！一句话也没有说！……如果他不再爱她了，他很可以当面告诉她，叫她死心塌地的放下这个念头；只要他说出这样的一句话，她将马上返身走掉。可是他并没有说！她清清楚楚看见，当时他的嘴唇颤动了，神情也很不安宁。他为什么要这样？难道他有什么说不出的苦衷吗？——这样一想，从绝望的废墟上，又复生出一丝希望的微苗了。

“是的，他并没有说话，”她安慰地想。

她相信他绝不是那种坏蛋——为了寻开心，当她什么也不想，什么也不希望的时候，他来追求她，用那样大胆而温柔的方法把她少女的心扉打开了，然后又自行掉头走开，完全不再爱她，也不再想她……他决不是那种人！他一定有什么苦衷，有什么东西阻碍着他向她表白自己的感情；只要这种阻碍一消失，他将重新回到她面前来，把筋肉发达的胳膊伸向她的。因此，她又想到，如果能够再有一次，让她和他面对面的，更从容的谈一谈呢？

她的悬想没有错……但是世上的有些事情，往往不是如一个纯洁的灵魂所想像的那么顺遂，那么美丽的。

十

在虎妹，时间是过得沉重而闷窒的。

夏天过去了，田野上业已开始收获期的忙碌，到处是稻床的鸣响。农夫们舞着镰刀，在禾田里割稻，唱着山歌，谈论着金谷的收成，呼唤着消暑的珍贵的风。

虎妹也跟随着哥哥，在田间忙碌。每天大清早，她就出田工作，总要一直到傍晚后，才能休息。在猛烈的阳光之中，她的肌肤给晒得更黑，也更显得健康了。

但即使在如此忙乱的时期里，忧伤也没有一刻离开她。往往会突然地，如像被什么东西螫刺了一下似的，她停住工作，陷入一阵晕厥状态的沉思之中。在这样的时候，她的心胸便会给一种无可排解的烦闷所重压住，同时仿佛世界从她消失了，生命变成虚无渺茫的东西。有好几次，镰刀割破了她的手指，鲜红的血直流滴到棉软的湿土上。

收获期仿佛是很短促的，刚刚开始，便已结束了。

金谷收藏好了，豆子还没有到成熟期，而忧伤也便趁着闲暇，更频繁地袭击着她。不过她是一个深沉的人，她知道怎样来隐藏自己的悲痛，她更知道必须隐藏起自己的悲痛。她很明白哥哥心里的秘密，而且为他的秘密感到惴惴不安；便觉得即使是忧伤也罢，自己应该对哥哥让步的。在老祖母和母亲面前，她处处表现出自己是一个心里完全没有半点暗影的“孩子”。

在一个初秋美丽的黄昏，她坐在后门的小小空坪上，挥着麦秸扇，辽望着那条和河渠平行的，通往镇上的道路，辽望着那座暗黄色的美奂常屋和它后面茂密的竹林。在那条路上，在美奂常屋附近，她曾经有过一生中最重要的，以后将不曾再有的经验；那条并不怎样平坦的道路，对她富有着莫大的魅力，她觉得那是和自己的生命有着某种神秘的联系的东西，她是如何的乐意见到它，又是如何的对它怀着深厚的憎恶啊！有时，当她看见从道路的那一端，从那些尚未收获的蔗田旁边，出现一个人影，一个也是年青农夫的矫健的影子，她的心立刻悸动起来……仿佛自己也正在那条路上走着，那人影便是金豹，便是那个傲慢的，粗野的，薄情的汉子……

于是，又复梦昧似的沉入甜蜜的回忆里了。

老祖母的呼唤声把她惊醒过来，懒懒地回屋去。在大家围着一张破旧而低矮的桌子用晚餐时，安隆奶奶注意到孙女的饭量减少了，便惴惴地问道：

“怎么？你今天为什么吃得这样少呀？”

“不，奶奶，”孙女镇静地微笑着回答，“一点也不少啊，还是和平日一样的吃三碗呢。”

“那里呢，平日总是满满的三碗，今天可盛得那么浅呀。”

“不，今天我盛得格外紧哩。”

为了掩饰自己，她便快活地在狭小的空隙里跳来跳去，磕碰着凳椅，哼唱着轻快的调子。

晚上睡眠的时候，她是和老祖母同在一张床铺上的。夏末秋初的蚊子非常的多，而她们的帐子则是破烂得近乎褴褛的，很多地方布满着补钉，但依然有很多地方可供蚊子自由进出。为了对那些饕餮的吸血者加多一层防御，虎妹在自己一边床头的帐子上，披挂了一张破碎无用的鱼网。因为床铺贴着一堵墙壁，如果是月夜，还有月光从窗口射进帐子里来。老祖母每晚总要转侧许久才能入睡，并且刚一睡着，便发出糊糊的梦呓。这可怜的老人！作为一个异姓农民的妻子，母亲和祖母，她所尝受的生活的辛酸无穷！这种情形，在虎妹这些失眠之夜里，几次的为这而坠泪了。于是，她轻轻地支起上身，跪在床上，透过帐子，从窗口眺望着外面月光下的大地，那愁惨的，一望无际的，梦幻似的大地……

终于，她的眼睛慢慢蒙眬起来，仿佛有一层黑纱从眼前遮蔽过去了；很快的，在她那月光下显得异常苍白的面颊上，出现两颗壅积着的泪珠，而她丰满隆起的胸部，也开始一起一伏的颤动起来了。

一天，同样的黄昏时分，在屋后小小空坪里，当虎妹眺望着那通往镇上去的道路时，看见从分岔路那边的石拱桥上，出现了小金兰，慢慢的，带着疑惧不定的神情，向美奂常屋走去。这马上强烈地牵引了她的注意。她情绪紧张地望着。快要走近那所暗黄色的常屋了，小金兰向前后左右环视了一下，然后，蓦地加快脚步，如像应着什么招致，并不走往常屋前面的空坪，却直向屋后竹林里飞奔过去；两根长长的发辫，高扬起来，如像是一只小鸟的两翼。

“什么？她跑到那里面去做什么？……”

正惊讶不置时，突然地，她又看见另一个人出现在路上；从背影上，立刻看出那不是别人，正是自己的哥哥庚虎！——虎妹几乎要为这意外的发现而惊呼起来了。她看着他迅速直向美奂常屋后面奔去，沿着围墙，一径走入那可怕的竹林。

自然，她马上明白那是怎么一回事了，一颗心也便随之而剧烈地跳动起来。关于哥哥庚虎和小金兰的事情，她早已知悉；同时，哥哥对她也并不怎样隐藏自己的秘密，他也曾经亲口告诉过她，关于自己的喜悦，连同自己的忧虑。并且，除了老祖母和母亲，差不多全村子人都知道了，正起着种种谣言。不过，庚虎和小金兰竟然在那绝无人迹的竹林里幽会的事情，对她始终是一个秘密。现在，她窥见这个秘密了。但在黄昏时分，进入那曾经有过男女恋人双双自缢的，曾经有过可怕的传说的，阴森而不吉祥的竹林，这又是多么骇人听闻的秘密啊！……

晚餐时，等候了许久，庚虎才迟迟回家来。虎妹以一种恐怖的眼光望着他。在昏暗的柏油灯光下，她觉得他的脸上有着一种异乎寻常的阴郁。她有几分可怜哥哥，同时，她觉得自己和哥哥之间，再没有比这一刻更相亲近了。她简直想拥抱住他，告诉他，自己业已看见他和小金兰在竹林里的幽会了，她愿意以自己的全生命祝福他，使他能够获得幸福。难道世间还有比这种幸福更可贵的幸福吗？如果幸福也可以交换，可以顶替的话，那么，她将以自己终身的幸福转赠给哥哥。只要于他能有分毫帮助，她愿意永世受苦！

但这种崇高的情绪，并没有在她心里停留多久，很快的，又为另一种情绪所代替了。不吉祥的竹林！那里面有着怎样奇怪的景象呢？不错，那里面有两株相并的特别高大的竹子，有一块青石凳……啊，如果自己也能走进那里面去！——人们说，当若干年前那对不幸的恋人在那里面双双自缢的时候，两人的脚首先站在那块青石凳上；并且从他们嘴里流出来的血，一滴一滴地坠落在地上，所以那下面一直不能生长野草。——难道现在还是那样吗？庚虎和小金兰走进那里面去，是不是就坐在那块青石凳上？如果是的话，那么他们的脚不是正踩在那片不能生长野草的土地上吗？

那个神秘可怕的竹林，对她成为一种强有力的诱惑。晚上躺在床上的时候，她睁大眼睛，让自己的想像，在竹林里尽情驰骋。她幻想着那对不幸的恋人在自缢时的情景，幻想着他们怎样把自己的颈脖悬挂在竹木上，怎样使自己的脚离开青石凳，怎样忍受着临终一刻的痛苦……她恐怖地，颤栗地双手紧拉着自己的头发，仿佛适才所想像的，并不是别人，而是自己……

她把正在发着继续的梦呓的老祖母摇醒了。

“奶奶！奶奶！”

“什么？……虎妹，什么？……”

“你听，”她撒着谎，双手紧扪着自己跳动的胸口，“耗子怕在咬鱼网啦……”

其实，什么声音也没有，夜正死一般的寂静。

第二天，虎妹依然在屋后小小空坪里，眺望着那神秘可怕的竹林；而且，她在心里决定，不顾怎样的危险，她要进去探望一次究竟。

十一

时间过去，关于庚虎和小金兰的谣言，在村子里一般青年男女中间，逐渐炽盛起来。

在这河渠两旁，在这些“神仙父亲”的裔遗当中，爱情故事的发生，原极平常。然而，以一个一向女王似的君临着周围的伴侣，而为附近一带村子里的青年农民所谈论，所羡慕，所寄予梦想的小金兰，竟然爱上了那么一个贫穷的，从来都被人目为不吉祥的家属里的汉子，这事情却很出人们意料。大家都把它当作一件神奇奥妙的秘密，作着种种可笑的臆测；而女人们，往往在谈论着这件事时，脸上会显出恐怖不安的神情。她，小金兰，父母的“掌上珠”，附近众多富有年青人的爱慕的对象，为什么会爱上那个叫做庚虎的男人呢？他是一个健壮有力的大汉，不错，他的确有横阔的肩背和筋肉异常发达的胳膊；此外，他还不失是一个漂亮的农民，有着浓黑的眉毛和锐利的眼睛……这一切都足以获得异性的注意和倾心。但是，他不是同时又是一个贫穷的人吗？他的祖先，他的祖母，他的母亲，不都是一些有着不幸的命运的人吗？无论如何，一个人一贫穷了，他的一切好处便都将暗然无色。难道一个如像小金兰那样聪明美貌，那样歌喉婉啭的姑娘，竟愿意走进低矮黑暗的茅屋，穿上褴褛破旧的衣服，和那家庭里历来不幸女人一样，当自己正在青春焕发的时代，便过早地以一个孀妇的身份，守着一份凄清艰辛的生活，憔悴劳碌以终吗？这是怎样难以想像的事情啊！

不过在一番惋惜之余，人们——尤其是女人们，便会以幸灾乐祸的口吻说，不要紧，小金兰的父母不会让她嫁给庚虎的，他们的恋爱不会有一个愉快的结局。仿佛从这种论断上得到安慰了，于是大家便以一种冷静而带有几分残酷的欲念，注视着事态的进展。

深切地感到事情的严重和危险的，是做父母的金魁爷和金魁婶婶。只要偶而听到一点关于女儿的闲话，或是一点暗示，便使这对老人陷入忧虑之中。无论怎样，这件不幸的事情必须加以阻止，这是做父母的责任！只要能够说服女儿坚强的决心，甚至只要动摇她的决心，危险就可以避免；而说服或动摇女儿决心的方法是很多的，做父母的人将试着采用所有的方法来达到这重要的目的——为了一个家庭的声誉，也为了女儿终身的幸福。

感觉到自己受着父母的监视，小金兰完全变得心烦意乱了……

不错，她的年龄很轻，她还是一个不知道生活的艰辛，未曾经尝过世故的甘苦的少女；在她这样的年龄，感情太旺盛了，正处于一个危险的时期。她既没有掌管生命之舵的经验，也没有那样的能力，很容易把生命之舟撞向暗礁。然而，她是一个多么奇怪的孩子！在她似乎是幼稚的躯体里，藏着一颗业已成熟的心。她对自己的观察和判断，完分持有自信，坚定不移。她的心是一片沃土，无论什么成见或感情，一经根生在它里面，便永远不能拔弃。

对于庚虎的爱情也是一样。她爱他，这就是了。为什么要爱他？甘心做一个贫穷人的妻子，做一个不幸家庭的媳妇，投入一个黑暗可怕的命运吗？——这一切都不相干，都不在她的考虑之中。为什么要顾忌那些呢？她爱他，这便可以解释一切。难道要为了别人的嫉忌和父母劝告，便牺牲自己对他的爱情吗？这事情是她所不能想像的。在她眼里，父亲的警戒和母亲的眼泪，都是无足轻重的东西。她相信这一切都不足阻止自己的决心。而且，愈因为有这样的障碍，她便愈要克服它，反抗它。

最使小金兰感到惊异的，是哥哥金豹的态度。她知道他并不是不知道她的秘密的——实际上，她业已不复承认这是秘密了——但他始终保持着沉默的态度，从来没有对她说过半句责备的，或是探询的话。难道他不关心妹妹的幸福吗？不，决不是的。关于这一层，她心里十分清楚。而且，从他的表情上，从他偶然的一瞥里，她可以窥见作哥哥的非但不致对她发出责备，反而抱着一种不可言说的同情。

“哥哥，你看怎样呢？”有一次，她突然问他道。

最初，她这蓦地而来的询问，使他怔住了，但随即，他懂得她的意思了，在他被太阳晒黑了的脸孔上，迅速掠过一种微细而离奇的表情。

“你应该有意见啊，哥哥，”看他没有回答，做妹妹的脸孔飞红了，“我是说，哥哥，你认为我错了吗？是不是说，‘他’是一个穷人，我们比‘他’有钱些，便该看不起‘他’呢？……”

“不，我想爹和妈不是这个意思，”他回答。

“啊，我知道啦，”她不自然地笑将起来，“妈说，安隆奶奶家历来女人都是年纪轻轻的便守寡，是这个意思吗？”

作哥哥的突然变得满脸通红了。

小金兰敛住笑容，睁大眼睛，惊异不解地望着他。哥哥的神情，使她感到一种近乎恐怖的慰藉。年青人某些隐秘的感情，是只有年青人才能领悟的。

十二

一个绝早的清晨，金豹匆匆披好衣服，趁着黎明的微光，向美奂常屋后面竹林里奔去。

他是被一种强烈的激情逼迫着做这件事的。当他还是小孩子的时候，就曾经听见过无数次关于那神秘竹林的故事，它成为他恐怖的对象；偶而在黄昏时分从那条路上经过，总是怀着恐惧的心，急遽地奔跑着，仿佛逃避什么灾难似的。此后年龄稍长，幼年时代的恐怖心理虽然消退了，但一直把那竹林当作一个不吉祥的禁地，很少注意它，自然从来就没有起过要去探看究竟的心。而最近，自从经过那个可悔恨的黄昏之后，他忽然——连自己也不胜惊讶——注意起那个竹林来了。他总觉得，既然自己曾经那么大胆地对一个值得承受自己爱情的少女表示过感情，不管那一瞬间是如何的短促，事情既有过开始，也必然会有一个结局的。那一次的行动，事后曾经非常吃惊于自己的孟浪，一切经过，都恍惚如梦。

不过不用否认，他知道自己原是爱着那个身体高大的少女的，只是以前乃系一种不敢自信的意念，而那一次的运动，给自己作了一个确实不移的证明罢了。事情那么梦昧似的过去了，或者说，他业已闯下了祸了，那么怎样办呢？最轻易的办法，便是设法避免那“灾祸”，避免再和“她”见面。他这样做了，但不久，他便发觉这是一种徒劳。关键并不完全在“她”那边，重要的还是在他自己。他总觉得，自从经过那一个夏日的黄昏之后，便有着一层暗影蒙贴在自己的心上了，他不能消除它，正相反，他日复一日的感到它的重压了……于是，他便带着恐怖的情绪，想起了那个神秘的竹林，想起了那个和自己的生命相关联的存在，想起了有一天应该去探看它……

现在，他正在稀微的薄光里，在微感冷冽的晨风里，向那竹林奔去。

他去做什么？他希望能够在那里看见什么，得到什么？这一切他都没有想到，也无暇想到。他只简单觉得，自己现在是去窥看命运，不仅是自己的，甚至也是妹妹的命运。

不错，他曾经听见过，说有人看见小金兰不止一次的进出着那竹林，这也是怂恿他的一种力量。……

他很快的便跑到美奂常屋前面。他站着，稍稍趑趄了一下。四野还沉在一种梦幻似的景象中，只有竹林里的雀鸟，业已开始对曙光的欢唱。他惴惴地，如像探寻魔窟一般的，怀着剧烈跳动的心，沿着常屋的一边围墙，双手拨开错杂零乱的野草和刺藤，伸脚跨入竹林。

竹林里一片阴暗，还残留着夜的蒙昧，给人一种森郁的感觉。遍地都是青蒿，野麻，牛蒡和蒺藜，阻碍着他的脚步；从四面八方飞跃而来的蚱蜢之类，几乎把他包围住了。尤其是满布空中的虫网和飞丝，更时时蒙贴到脸上来。一个人蓦地置身其间，仿佛一下子闯入一个荒莽世界之中，陡起一阵酥麻，不禁毛发纵悚。几次的，他想退出身来了；适才那种强力的冲动，顿时消失殆尽。但他随即发现，前面一处的茆草，有被什么折断的痕迹，如像刚刚有人从这里踩踏过去一般。于是，他便鼓着勇气，再向前进。于又复跨入三五步后，忽然听到一种细微的声音，在不远的前面发出。他的心蓦地跳动得更其剧烈了。他想像到那或许是竹林的精灵，不然便是那对殉身于爱情的恋人来了。他微微颤栗起来。

但他支持住了自己。他双手紧紧握住一根竹子，用来堤防那可能猝然出现的袭击。不错，现在那声音近来了，那分明是一个人的脚步声……一个女人在艰辛地拨草走来……

他的脸孔完全苍白了。

走来的不是别人，正是虎妹。最初一刻，她并没有看到他，只是双手小心地拨开一条长长的刺藤；她的衣和裤几乎全被晨露打湿了，一只手上有着被荆刺戳伤的血痕。她的脸孔也显得苍白可怕，头发蓬乱，宛如一个美丽的女神。她刚把刺藤轻轻挪开，一抬头，便猛地发现前面依着一根竹子的金豹；霎时间，她全身僵硬了，心也蓦地停止跳动，钉子似的钉在那里了。

这是怎样神奇的瞬间！两人的眼光刚一相遇，同时有一种悸动，电似的贯通过全身；然后，彼此的脸孔慢慢变红，变得通红……

“是你……虎妹……”他嗫嚅着，终于明白发生在眼前的是什么一回事情了。

她的脸孔重新回到苍白，如像是一尊石像。

“虎妹，你怎么……到这里来？”

“是的，”她回答。

他向她走近一步。在这一刻，他再不想到逃避她了，虽然恐惧尚未完全过去。

“虎妹，你到这里来……到这竹林里来……究竟是为了什么事情？……”

“没，没……有什么事，”她后退了一步，喃喃道。

“你刚才……你到过那里……那么，你看见过……那两株竹子，还有……那块青石凳吗？”

她迷惘地，带着惶惑的神情摇摇头，伸出一只手，茫然地在空中摸弄着，企图抓到一根竹子或别的什么东西来支持自己。

“虎妹……”他又往前跨了一步，他的脚踩断了一根粗大的野麻。

突然，她恐怖地锐叫一声，返身就跑。适才挪开去的那根刺藤，像一只臂膀似的，一下子把她一条裤管拉扯住了，把它啃破了。她刚一踣跌倒，马上又复站起，不顾一切障碍，往前面奔着。她的手臂上和小腿上都出血了，如像一只羽毛未丰的雏鸟，在竹林里扑撞着……

但他很快的把她擒捉住了，双手紧紧搂抱着她；虽然她身体高大，这时却也完全失掉力气，只是不住的颤抖着。

“放开我！放开我！”她徒然地挣扎着。

他并没有把她放开，依然紧紧地搂抱着她，全身偎依着一根竹子。他不知道自己为什么要这样做，也不知道这样搂抱着她，是否就能使她永远不再逃脱开去。还是一种近乎本能的举止，一种不及考虑的冲动：他只简单觉得，现在他所搂抱着的，并不是一个人的躯体，而是一个人的生命……

从竹林里回家，虎妹恍惚失神的情态，立刻被老祖母所觉察了。老人不安地端详着她，问她到那里去来，为什么衣裤都撕破了，手脚上也有着血痕。

她对老祖母撒着谎，说是在河边追逐一只鹳鸡，跌了一交，衣裤给荆刺撕破了，手上给拉出了血，但鹳鸡还是给飞掉了——虽然明知道这个谎撒得很勉强，不足以掩饰自己的惶惑，不过她竭力镇静着自己，装出一付对那只逃逸的禽鸟生气的模样，说了一些稚气好笑的话。

待虎妹跟随哥哥庚虎出田去了，安隆奶奶望着孙女的背影，摇摇头，对做母亲的小隆婶婶叹息着道：

“十三娘，十四爷，虎儿妈妈，别再当她是小孩子，十七岁了哩。”

“是啊，”小隆婶婶阴郁地回答，把嘴唇闭阖得更紧……

自此之后，不再是金豹逃避虎妹，而是她开始逃避起他来了。在表面上，她变得快活些，也稚气些了，喜欢独自儿唱歌，做事情也显得更为勤快；但每当人家偶一提起那神秘的竹林，她的脸孔便会立刻涨得通红。

十　三

秋天过去，冬天来了……

天气慢慢寒冷起来，日子也变得越益短促。凤栖山上的枫叶，业已全部凋落，显得空廓而寂寞。霜风把原野洗刷得更为颓唐，更为缺乏生气。农民们最清闲的日子到了。勤勉的人，不是到邻村去给人家煎甘蔗糖，便是到河边岩石下面去下虾笱捕捉米虾；而大多数的年青汉子，则都躲到小酒店里，和女店主调侃说笑，或是到镇上去寻求更大的快乐。

到镇上去的带回消息，说不久在这河渠两旁一带村子里，就要举行兵役抽签了。这消息如其说是给大家带来不安，毋宁说是给他们带来兴奋。在这些年青农民当中，当他们寻求消遣时，任何事情——不管它将给他们带来愉快或忧虑——都是欢迎的；所以他们也照例欢迎着这场兵役抽签，同时开始把关心安置到一向以为离开自己很远的战争上去，并且对抽签的事，作着种种玩笑的推测。

在村子里，大家集中的地方，是一个名叫春五娘的寡妇所开的一家小酒店。这小酒店，在凤尾屿已有非常久远的历史，是仿佛和人们记忆同时存在的。店屋的门面十分破旧，连招牌纸上的字号，也业已模糊难辨；但每当农忙期后，买卖照例十分兴盛，从早到晚，一间小小店屋，几乎都挤满着人。尤其是春五娘的男人——一个终年四季喘咳不停的痨病鬼——死后，这小寡妇便成为附近一带农民们嘴里的“红人”，同时买卖也显得更加热闹了。春五娘膝下只有一个十岁上下的女儿，男人刚死时，也曾经为那无穷的凄凉的来日而忧伤过，但不久，她便给自己恢复了欢愉的生活。她的年纪还不算太大，有着男子一般横阔的肩膀，和一个过于丰满的惹眼的胸脯；或许因为身材矮胜的缘故，所以看起来相当肥胖。她把自己和女儿都打扮得很“入时”，脸上搽着厚厚的白粉，在鬓发旁边，更经常地插缀起一朵假花。她的见闻非常广博，附近一带村子里所发生的大小新闻，几乎无一不知；她把这些新闻辗转相告，使每一个上她小酒店里去的顾客，都能够得到一份满足。

但所谓顾客，大部分倒是一些无所事事的闲人，专为消磨时间打听消息来的，并不一定会喝酒，不过春五娘从不执意这事，她以同样的热情和笑脸欢迎着他们，使他们决不致因此有什么不安的感觉，所以小酒店里的空气，始终是愉快而融和的。在人们记忆里，这小酒店几乎和村子甚至河渠同时存在到这世界上来的，并且和她们的生活不可分了。那些老旧的剥落的墙壁，板门，桌子和白木凳，曾经听到过多少可笑可惊的故事啊，它们才是河渠两边农民生活的见证者——这些“神仙父亲”的遗裔，是怎样创造自己的历史的。

现在，农民们在这小酒店里谈论着关于战争和服役抽签的事。对于他们，战争仿佛是一种和自己离得很远，但又离得很近的存在。他们都知道如今日本人入寇到中国来了，给占领去很多土地，毁坏了很多城市，杀戮了很多人民，并且国家正要他们去服兵役，去和那些蛮不讲理的日本人拼命作战；不过他们究竟没有看见过战争，对于战争，只有一种模糊不清的观念。但谈到服兵役，便使他们陷入迷惘的境地了。想到自己可能丢开一向相守的锄头和土地，却擎起从未接触过的枪杆上前线去打仗，简直是一种不可想像的事情；同时，母亲、妻室和姊妹们的焦虑，也增加着他们对那即将来临的祸害的恐惧。

现在，他们正在谈论着日本人贪心不足蛇吞象和美国炸弹轰炸东京的消息。在平时，他们的意见总是纷岐复杂的，每每在一件芝麻大的事情上，争闹得脸红耳赤，甚至拳敲脚踢也不肯让步。他们都是一些朴质和固执的人。但一谈到国家的将来和战争的前途，他们的意见便完全一致了。这种情形，并不是仅只由于知识的贫乏，而是，在他们粗犷纯良的心胸里，国家是一个神圣的存在。他们对国家有着最纯真的信仰，从来不曾去想像国家有什么危险。一个人怎样可以没有国家呢？不行，国家必须有，而且必须很强盛。他们知道自己的国家并不十分强盛，而且对于那些代表国家的“权力”的官吏们怀有浓烈的反感，但知道自己的国家是一个大国，讲仁义道德，所以如像日本那样的敌人，那样贪心、狡诈、气量狭小的敌人，决不能有什么作为，他们都不怕这样的敌人。蛇怎么能够吞象呢？蛇总还是蛇，再狠毒也还是蛇。不要紧，只须大家一齐心，日本人便会给打退的。……

“再说，我们还有委员长！可是日本有委员长吗？没有！我们委员长用的是诱兵之计，以退为进，日本人可就识不破，蛇吞象来啦……如今怎样呢？象脚还没有吞进去，美国炸弹可送上门来啦！”

说话的是走过广东上海的歪嘴老八，一个有着一张鲶鱼脸的浪荡汉。由于幼年时期害了一场古怪病症，痊愈后嘴巴变成㖞斜不正；加之嗜酒若命，天天嘴角边唾液不绝。家境十分贫寒，是常言所说的“脚背上起灶”一流人，曾经跟鱼商做过帮手。跑过江湖，如今是退休了，依然只身空手，一无所有；不过究竟是出外见过大世面的，在村子里却不失是一位消息灵通的观察家。

关于美国炸弹，对大家自然是一件十分新奇的东西，现在经歪嘴老八提起，便立刻集中起兴趣了。他们都没有看见过它，可是在谈论着的时候，凭着各人天真的想像，竟也谈得非常生动有趣。他们说到美国炸弹有五千斤重一个，一丢下地来，只訇隆一声，像凤尾山奥这样的村子，便变灰了……

“说是还有什么烧火弹哩，”一个人加添道。

“是呀，”歪嘴老八扯着那张㖞斜可笑的嘴巴，“烧夷弹，不叫烧火弹，是硫磺火药做的，一丢下地便开了花，一个炸弹开一万朵花，一朵花开一万个花瓣……你们想想呀，乖乖的一万个花瓣！这些花瓣就满天乱飞，碰到什么就死死咬住，咬到那里火就烧到那里，你们想想这个光景！我们凤尾山奥这样的村子，还用不到半个炸弹，便会乖乖的变成白地啦！”

大家叹息着炸弹的伟力，从心起着一种揉合恐怖和欢欣的情绪。忽然有人说出日本人住的都是纸糊木板房子，碰到美国的烧夷炸弹，一定会变成白地；于是便有人说，这种烧夷炸弹伤人太多，主张还是不要使用的好。这样各人搬出自己的道德标准来衡量战争，于是一场小小争论便引起了……

待争论平息，话题业已移置到服役抽签上来。

这事更热切地集中起所有年青农民的兴趣。一个喉咙粗大，绰号叫做“长嘴喇叭”的汉子，首先告白出自己的志愿，说是如果他抽中签号，一定要请求官长，准许他当一名哨兵，戴起一付望远镜，爬在树上做千里眼；那么，他就可以一面打仗，一面管家，省的家里新媳妇背着自己做些不体面的勾当。他说的是句笑话，主要的意思在讽刺别人——因为坐在他旁边的是一个完婚不久的新郎，这人讨的一个出名风骚女人，事前大家就已料定，做她丈夫的人，必定难免披一身梅花盔甲。

新郎马上实行反攻，他说如果自己当真中签号上前线去，一定要做一个号兵。酒店女店主接着说，她如去当兵，可要当一个骑兵，骑在马上，既舒服又威风；于是歪嘴老八立刻调侃她道，要是她去当骑兵，他情愿跟她去做一头坐骑。

这话一起一阵哄笑；有人还拍着手，把桌子捶得嘭嘭发响。

由此话又说到女人身上去。有人认为当真男人并不是马，女人才算是马，这人骑过那人骑。话说开了，大家便把一些刻毒猥亵的言语一齐抛给女人，把她们攻击得体无完肤，不留余地。春五娘自然是站在被攻击的一面，她替自己所属的一群作着种种辩护，格格地笑着，用干燥的柑子皮频频向人丛里掷掼过去。

一个说："那有罗裙不着地，那有扫帚不沾泥？……女人总是干净的少！"

又有一个说："女人都是红眼鹁鸪，那处檐高米多就往那处飞，要紧的是一个钱字！"

歪嘴老八环顾了一阵人丛，耸耸肩，说道：

"那可也不能一概而论……红眼鹁鸪往高檐上飞，

可也有那些乖乖的斑鸠野鸭，偏爱朝茆草芦苇丛里钻呢，你们说奇也不奇！”

他这话里有刺，大家心里明白，便不约而同，也各自在人丛里环顾了一阵，于是就有一个小声音接嘴道：

“莫讲这种话，常言说得好，茆草丛里出老虎……水量不得，人料不得呀。”

大家都知道这样的话不能再继续下去，便又把话题移开了。在这些年青农民中间，谈话的泉源是永不会枯竭的。他们又从发生在远近村子里的一些琐碎事情，谈到那般鬼怪故事上去了。一个业已稍稍喝醉了的人，忽然向大家提出一个小小赌赛，说是如果有人胆敢在黄昏时分走进美奂常屋后面竹林里一次，他愿意犒赏他三瓶家藏虎骨老酒。

这个赌赛立刻振作起众人的精神。在大家心目中，那竹林原是一个极端神秘的处所，这时便一齐说出自己对它的见地和感想来了。女店主春五娘竭力反对这种赌赛，她认为这样的冒险之举，不仅对于冒险者的安全有问题，并且也是一种不道德的行为；为什么要平白无故地去惊扰那对不幸者的灵魂呢？在他们有生之日，既经受了巨大委屈，如今逃到鬼魂世界去了，难道还不肯饶恕他们吗？接着马上有人附和她，说这种赌赛的确是一件不善的事情，他相信那竹林一定是那对不幸者的灵魂的居宿地，因为有一天黄昏时分，他从竹林旁边经过，曾经清清楚楚地听见，那里面有着女人的啜泣声……

“难道到现在她还要啼哭吗?”有人怀疑地插问。

“为什么不要啼哭?”说话的现出一付壮严表情，“你以为一个上吊死的人还能够去投胎转世吗?不，上吊死的人总要找到替身才可以去投胎转世！单个儿找替身倒还容易，她可又是和男人一起自尽的呀!”

“是啊,”春五娘接着用一种悲戚的声调说道，“两个都是有良心的人，自己在男女情分上不如意，上吊死啦，那里还忍心让人家也一样上吊呢，所以总找不到替身，只好啼哭了啊!”

歪嘴老八诡谲地眏眏眼，说：

“乖乖，怕只怕他们两人一定要去投胎转世哩，那么一来，我们凤尾屿可便免不掉会有祸事啦!”

于是，在人丛中发出叹息了。女店主希望这样的事情不致在村子里出现，因为一个村子里出现了这样的祸事，非但对众人都不大吉利，最重要的还是，如果那一对新的不幸者没有良心，急急的又要找寻替身呢?……

“是啊，要是他们急急的又要找寻替身呢?”

没有人回答这个可怕的问题，仿佛各人心上都蓦地为一层黯影所蒙盖了。正当大家沉入静默中时，在人丛外围，在店屋不为人注意的一角，有一个始终沉默着的年青人，偷偷抽身离开了小酒店……

这人便是庚虎。

十　四

同一天，在金魁爷家里，光临了从城里来的客人。

客人是小金兰的大姨母。就血统关系上说，彼此原是很密切的“近亲”；但因为大姨母家住在远远的城里，平常很少来往，所以依然显得是稀客。由于命运的安排，金魁婶婶姊妹两人，各自守着一份全不相同的生活。和妹妹不同，做姊姊的能讲善说，耽于梦想。在一切事情上都求高人一等，是一个对自己的能力和美貌既极富自信，对自己作为一个农家子女的命运，则又极抱委屈的人：天遂人愿，缘于一种偶然的机会，她幸运出嫁到城里一家鱼行里，成为一个幸福的主妇，因之人变肥胖了，完全失去曾经赤脚在山野间奔跑的农家姑娘的风致了。现在，她梳着羊角形的“香蕉髻”，穿着城里人的宽大旗袍，脸上搽抹着香粉，说话带着长长的尾音，而且惯于使用一个主妇的命令口吻，总之，她业已成为一个道地的城里人了。在妹妹家里，在这些农民的妻室和子女当中，她是显得多么尊贵，多么不相调和啊！她一来到，在热切的欢迎之下，一开始便以驾临一切的姿态和矜夸的语调，诉说起作为一个阔绰的鱼行主妇的“苦闷”来。家里工人多，客人多，琐碎事务多，怎么也抽不出身啊。于是，她掏出系在衣襟上一串叮当响的钥匙，说道：

“你说呀，鱼行的门面愈开愈大啦，‘他’一天到晚的忙，把一家大小事情统往我身上一丢，说‘你管去吧，’便一天下都归给我啦。银钱出入，酱醋油盐，七柜八箱……什么都是我，什么都问我，这个‘老板娘’，那个‘老板娘’，你说呀，难道我就有三头六臂不成？常言说得好，当家当家，咽饭不下；真叫是咽饭不下，真叫是不容易！不说我没有三头六臂，就是有，也还是忙不过来呀！”

“是呵，”金魁婶婶茫然地答应着。

大姨母的眼睛落到小金兰身上，把侄甥女拉到自己身边，亲亲昵昵地说道：

“两年没有看见，便变大人了哩，真叫是女儿家十八变！阿兰，怎么不想到大姨母家去玩玩？前天你表哥放假回来啦，一看见我便说，‘妈，怎么不接凤尾屿表妹来玩一些时候呢？’真是这样说的，你表哥可真是说了这话来的……”

小金兰变得满脸通红了。

接着，这位从城里来的肥胖的鱼行主妇，便开始说起那在省城里读书的儿子来了。儿子自然是她生命中最可宝贵的存在，是她幸福生活中最大的支柱，所以一提到儿子的事情，便愈益眉飞色舞起来。在她那张近于臃肿的脸孔上，洋溢着满足的甜密的表情；她的细眯的眼睛也成为湿润，激动得几乎要坠下眼泪来了。在她心目里，儿子简直是一个王子一般的人物，聪明，高傲，善于挥霍。她认为儿子是一个读书人，而读书人，自然就具有一切凡人所不能具有的美德——因之，他的行为也不能用凡人的眼光去批评它。

正当鱼行主妇这样踌躇满志地夸耀着她读书人的儿子时，小金兰抽开身子，偷偷跑开去了……

对大姨母的说话，作侄甥女的全无兴趣。天生她是一个农家女儿，小金兰并不受财富和城市生活的眩惑。她曾经到过大姨母的城里，曾经在那里住过一些日子，但那时所见的情形，现在回想起来，正如一个不愉快的噩梦，一个模糊而又神秘可怕的噩梦。那样多的房子，那样拥挤的人，那样狭的天，那样闷窒的空气……没有田野，也看不到山和水……那样的生活，她一天也受不了，过不惯！自从有过那次经验，她再也不羡慕大姨母家的财富了，再也不愿意去第二次了；甚至有好几次，那种城市生活，竟变成了扰乱她睡眠的恶梦……

至于在大姨母嘴里显得那么高贵的表哥，她也曾经看见过，不过她并不喜欢他。在她记忆里，那是一个身体瘦弱，脸孔苍白的人。他的背是伛偻的；尖鼻子上架着一付近视眼镜，看什么东西时，总是带着一种诡谲的神情，把眼光从眼镜的一角斜射出来；并且，他还喜欢伸出瘦如干柴的手指，摸弄着自己尖削的下巴。尤其使小金兰感到不快的，便是他在说话时那种刺耳的浓重的鼻音，仿佛一年四季都患着伤风似的，鼻孔给壅塞住了，声音永远模糊不清，时时作着干咳。大姨母总是夸说他读书用功，将来一定可以有大出息；但小金兰不相信一个如像他这样的人，将来会有什么作为。但他却是很喜欢小金兰的，喜欢接近她，和她谈话，还说要带她到省城里读书去；听了这样的话，小金兰只觉得好笑，她并不想去读书，更不想跟这样一位表哥去读书。她知道他喜欢自己，可是她实在不喜欢他，她更有几分害怕他。凭着一种女性特有的敏感，在母亲和大姨母的一些表情和言语上，她看出表哥和自己之间，存在着一种微妙可怕的关系，因此，愈益使她不敢去想像那局促不安的城市生活了。

现在，随着大姨母的来到，仿佛也把那种城市生活的局促和不安带来了。不知道为什么缘故，她总觉得大姨母和大姨母口中所说的一切，都有几分可憎，都和自己不相亲近。一离开大姨母，便如像从一种困压中被解放出来一般。她轻快地摇幌着发辫，走出屋门。

外面是一个初冬阴霾冷冽的午后，霜风不断地洗刷着广袤裸露的原野。河渠里浑黄的水，起着鱼鳞似的漪涟。一只长腿水鸟，沿河岸飞来，栖息在一处枯黄的芦苇丛里；但刚刚落下，又复蓦地受惊似的飞起，拍拍有声地掠空而去。

正在这时，她看见一个人从石拱桥上走过。那正是刚从河渠这边春五娘小酒店里走回家去的庚虎。他昂然地走着，吹着响亮的口哨。风把他的衣襟拂起，翅膀一般的飘动着。他自然并没有看见她，他的心正怀着一种说不出的绝望的情绪……

望着他那横阔健壮的背影，小金兰微微沉醉了。和刚才大姨母的夸说所勾引起的可憎的回忆相对照，眼前的世界，是多么广大可爱，而那个大步跨过石拱桥的男人，又是多么强烈的吸引着她的心啊！

这一晚，大姨母便留宿在金魁爷家里。大姨母原是应邀而来的。为了堤防发生在女儿身上的不幸，作父母的便作了一种近乎可笑的打算。

但这种打算，一开始便失败了。从来作父母的很少了解女儿的心，他们总是用自己的人生经验作尺度，来衡量年青人。这时，在小金兰，连大姨母最初来到时那种不意的喜悦，也完全消失了。代替而起的，乃是一种说不出的憎恶和反感。

金魁婶婶在自己和女儿的床前，给客人准备了一张临时的床铺。被褥是大姨母从船上带来的，用柳条花的白布制成，配上大红绸面，看起来是这农民家里一件新鲜而奢侈的东西。

从最初莅临的一刻起，这位城里鱼行的主妇，便一直没有停嘴。她尽有那么多说不完的话，那么充沛的精神，能够滔滔不绝地继续下去。她的记忆丰富极了，她的境遇也顺遂极了，现在，她一一清数着自己幸福生活中每一个细小事件，仿佛如果不把它们显示给人，不把它们以一种充满骄矜和满足的语调诉说出来，便将辜负自己的幸福，或者自己的幸福会因此失掉光彩一般。

“唉，真叫是当家当家，咽饭不下啊！”她叹息着。

上床之后，大姨母那种城里人所特有的拖长语尾的声音，始终未曾离开过小金兰的耳朵。这时，她又在开始诉说着自己灿烂生活的未来了。她把财富的增加视做建筑绮丽生活的根源，安排着种种远大的，为依靠土地为生的农民的妻室和女儿所难以想像的计划……

不管她所说的怎样美丽动人，但在小金兰听来，再没有比这一天更使这农家女儿感到城市生活的可憎了。一面听着，一面简直欣幸着自己农家子女的命运，小金兰几乎要对大姨母说出嘲弄的话来。

终于，她很快的便睡着了，发出轻微的均匀的鼾声。并且像一个敢果的幸福的姑娘一样，开始平静地做着甜蜜的梦；在她迷人的静谧的脸孔上，浮露出一丝小孩子一般的微笑。

十 五

第二天一早，大姨母便直接了当地对小金兰说明了这一次下乡来的用意。

“你听啦，阿兰，”鱼行主妇拖长尾音说道，“你大姨母这次是专为你来的，大姨丈和你表哥都说，‘阿兰该长大成人啦，也得去接她来城里玩玩，一个姑娘家那能一辈子住在乡下地方呢。’当真长大成人啦，大姨母雇船专门接你来的，去大姨母家过冬吧。”

“谢谢大姨母，我不想去，”作侄甥女的红着脸拒绝道。

“为什么不想去？难道人长大啦，连大姨母也不认识啦？把大姨母和表哥哥都忘记啦？去吧，一个姑娘家总不能一辈子住在乡下呀。到城里大地方去见识见识，看看大姨丈的鱼行开得多么大啦；还有你表哥哥，也该见见面，两个人都长大成人啦……说起来，那年你到大姨母家去，你表哥说，‘妈，你看表妹这样聪明漂亮，几时我要把她带到省城里读书去呢。’可是他一定想不到，只几年不见面，如今做表妹的长得更加漂亮了哩。”

于是她哈哈笑将起来，掏出手帕揩着眼泪；同时把侄甥女拉在自己身边，抚摸着她丰满的肩背和秀长的发辫。

“去吧，到城里去玩几天，大姨母好意雇船来接。”坐在旁边的母亲也催促着。

“是呀，你大姨母这一趟可真是专门接你来的。路途远，来往不容易，平日你大姨母事情忙，抽不出身，这一次好容易来啦，难道你阿兰还不肯赏赏你大姨母的脸?”

最初，小金兰的拒绝，在大姨母看来，只是一种年轻姑娘不可免的娇羞；但随后终于看出侄甥女那种不可动摇的决意了。这是非常出她意料的。并不是说，这位城里富有的鱼行主妇，当真对自己的侄甥女有什么远大的想头；虽然她喜欢她，夸张她，觉得她不失是一个聪明能干的姑娘，但如果说要把她当作自己读书儿子的妻子。那无论如何是一件很费踌躇的事情。好在小金兰的父母也并不是真有这种奢望，只不过想借着这点方便，让女儿到城里去过一个冬天，可以利用这段时间来设法敉息那不幸的风浪。如果命运赐给这个机缘，女儿能够变成那城里鱼行的第二代主妇，做父母的欢欣自然无穷。现在，女儿竟然不肯承认这种可珍贵的机缘。在做父母的人，不待说是一种失望。而在大姨母，侄甥女的态度，更无异是轻蔑了她的幸福生活，所以便不禁认真生气了。

“好啦，”在她肥胖的脸上，笑容立刻失踪了，“那么，阿兰，你大姨母就此告辞啦！想不到只两年工夫，如今你便不认识你大姨母啦！”

于是，满脸怒气，这位富有的鱼行主妇，吩咐工人把自己的被褥搬上船去，一言不发地，直朝门外河边冲去。当她这样做时，仿佛原就肥胖的身子，突然怒气所涨大似的，显得更加臃肿横大了。

目送着这位城里的贵客，在一种不愉快的空气下离去，那只小小白篷船于款款的桨声中逆流而上时，金魁爷和金魁婶婶也对女儿生着气了。回到家里，父亲叹一口气，向女儿说道：

“好啦，大姨母给你气走啦！”

“难道我不愿意上她家去，这也是我的错吗？”女儿倔强回答。

“不是你的错，那么该是我这做爷的错啦！大姨母好意专门雇船来接你，想让你到城里去玩玩，你不肯去，倒在家里做些不三不四的事情！这是谁的错！”

“我不管！我不愿去，死也不愿去！”

“你不愿去，”作父亲的完全激怒了，“你的心给鬼迷住了不是？——告诉你，从今天起，要是你要过石拱桥去半步，当心我不会敲断你的腿！”

“我偏要去……我马上就要过桥去……我死也要去……”

女儿不肯屈服地跺着脚，开始哭出声来，而且当真拔步就往门外跑去……

金魁婶婶把女儿拦阻住了。看见做父亲的用这样重的话责骂女儿，母亲的心开始不忍起来，觉得无论怎样，女儿终是女儿……于是，一面把女儿抱在怀里，一面自己也禁不住哭将起来了。

受了这样重的委屈，小金兰几乎整整的哭泣了一上午，甚至连中饭也没有吃。父亲再不敢说责备的话了，而母亲，则始终陪着女儿流眼泪，同时对那做父亲的人说着埋怨的话。

终于，黄昏冉冉来临了。小金兰百无聊赖地坐在门口，茫然地眺望着河渠那边的村屋，灰褐色的天壁，寂寞的凤栖山和单调空廓的旷野。一只苍鹰，在高空悠然地盘旋着，投下暗影。从河渠这边，不时有着回村的农民，走着微醉的不稳定的脚步，走过石拱桥去，有的还轻轻哼着什么调子。一回儿，几只饿狗，垂头丧气的沿河岸走着，或是互相嗅着尾部。村屋上空，到处都业已升起炊烟，慢慢凝成一种淡淡的障幕，催逼着黄昏的来临。暮风吹过，带来轻微的腐草的气味……

突然，在河渠对岸那株古枫树上，闪出一个人——几乎是猝不及防的，随着一个石子在河面上敲出溅水声，庚虎对她做了一个迅捷的招呼的手势。

他重新隐没了，但立刻，从村子的另一边，她看见他业已向美奂常屋走去。她的心剧烈地跳动着，随即摇一下发辫，咬咬下唇，迅速站起身来……

十六

……一整天的喧嚣热闹业已过去，春五娘小酒店里开始寂静下来了。

顾客们于纵情谈笑之后，各自带着微醺回家去；他们的妻室姊妹，以另一种温情接待着自己的丈夫和兄弟。怀着和来时同样轻快的心情，他们哼唱着不完整的调子，向女店主抛出一天最后的戏谑，陆续离开了小酒店。

把最后一个顾客送出店门，春五娘打着呵欠，开始收拾碗碗桌凳，打扫地上的瓜子皮和花生壳，关大门和上板门；一切清理停当了，然后坐在柜台边菜油灯下，盘算着一天进出的账目。按照老例，她把现收的镍币钞票，塞在一个口边磨得十分光滑的竹筒子里，把赊欠的账款，用一支小木炭划在一块“流水牌”上——这块“流水牌”和那竹筒子一样，由她丈夫手里一直遗留下来，现在业已变成灰色。当她盘算账目时，她的瘦小女儿，照例双手在眼睛上擦了一通，独自爬到后房床上胡乱睡了；待作母亲的端灯走进房来，床上的女孩子早已沉沉入梦。

按说，经过一整天的热闹生活，这时春五娘该已十分倦累了；但她，几乎每天在上床前一刻，总要对着昏黄惚恍的油灯，默默静坐许久。她回味着白天那些年青农民对她说的一些大胆的调笑和戏谑，回味着他们之中某一个人的一个眼色，或是一下莽撞的举动……

虽然她的眼眶周围业已露出一层灰败的颜色，眼角边也有着细小的皱纹，嘴唇变成宽弛暗淡了，不过她总觉得自己还很年青，还有权利享受一切青春的幸福，对于目下这种空虚寂寞的生活，感到十分痛苦难堪。她尽量要在装饰和姿态上，羁留那业将逝去的青春。她脑子里充满着美丽迷人的幻想；往往在这静坐的一刻，沉醉于这种幻想之中。

窗外的夜风，嗬嗬地响着，挟着大地在寒夜里的颤栗，作着哀怨的苦诉，轻轻扑击着窗棂。

沉入幻想中的女店主，开始慢慢的，心不在焉的脱着自己的衣服。她以一种微微陶醉的心情做着这事。首先，她取掉头上的玳瑁夹子和假花，随后，解开了那按照最时新的城里人的模样裁制的短袄，便坐到被窝里去：把女儿的衣服也随便脱掉了，她着手去解贴肉的紧身内衫。

当她的手一接触到自己依然丰满肥胖的胸部，一种细微的震颤通过她的全身。她双手紧紧按着胸口。在这冬天的夜里，在孤零的油灯光下，她觉得自己可宝贵的青春，将一刻一刻地消溶于痛苦寂寞的时间里。而自己丰满可爱的身子，也将一刻一刻地枯萎起来……

忽然一种声音把她从迷乱的情形惊醒过来，她聚会精神听着，从凄戚的夜风中，辨别出有人在轻轻叩着窗口，并且大声作着假咳。

如像在骤忽之间获得什么预感，她的心剧烈地跳动起来，急速地扣回衣服，下了床。

“那一个呀，深更半夜的，”她以一种埋怨的口吻问道。

外面高声地咳嗽了几声，没有回答。

当她辨别出那是什么人时，原是困倦的脸上，立刻焕发出一种青春的光辉……

“听啊，”她的声音微微发颤，“是狗进狗洞，是人应该走大门，深更半夜敲打别人窗子，告诉你，老娘脱衣睡啦！”

立刻，外面那人走到前面，敲着店门了。但春五娘并没有马上去给他开门，她慌乱地将灯火添大了，对着一面模糊不清的镜子，用粉扑在自己脸上起劲地拍打起来……

进来的是歪嘴老八。

“这样深更半夜，”女店主在开门时把他拦阻住，发话道，“请问到老娘家里来有什么贵干？……”

“乖乖！我给你春五娘骑马来啦！”

店门很快的关上了，两人一起来到里房。歪嘴老八的脸孔，在霎时间显得更为扁平可笑了，他眯睎着眼，歪起嘴巴，做出一种小孩子似的娇宠的表情，搓搓两手说道：

“春五娘，你说这天气可真叫冷！”

“呸！”转瞬间仿佛回到少女时代的女店主，便啐道，“你这馋猫，少不了又要老娘给你烫四两黄汤！”

“好精明！放心我老八不会给你欠这笔账！”

“你这馋猫，老娘给你烫上半斤！”

一面搭着嘴，一面便开始张罗炉火酒壶。在灯光之下，女店主的脸孔，完全为青春的喜悦而腾红了。她轻捷地在狭小的房子里飞来飞去，影子在四壁滚转着。她的丰满的身子，为不意的幸福浸淫得全部抖颤起来。她的眼睛里生出光辉；而且，由于过大的激动，她的行动显得有几分慌乱失措了。

歪嘴老八顾盼了一眼那业已熟睡的小孩子，便习熟地坐在床上。他一直睎眯着眼睛，如像一个刚刚睡醒的人惧怕灯光。

“春五娘，告诉你，今天我乖乖的碰上了两个鬼，”他说。

“什么鬼?”

“乖乖，一男一女，两个好鬼!”

“什么好鬼?”

“乖乖！两个好鬼，在美奂常屋后面竹林里——”

“别吓唬人！当心老娘拧烂你的嘴!”

这时，她业已把炉火燃起，发出木炭细小的坼裂声，使得整个屋子都充满着弥漫烟雾。歪嘴老八开始以一种甜腻腻的表情，望着女店主。

“春五娘，不是吓唬人，当真我碰上了两个鬼，一个男鬼，一个女鬼，黄分过后，在美奂常屋后面竹林里乖乖的幽会……”

“快莫讲！象牙不生狗嘴，好话不出你那张歪口，老娘不爱听你的胡说!”

“不是胡说……”

“呸！不要你讲，不准你讲！不听老娘的话，两个山字叠在一起——请出!”

屈服于女性的权威之下，歪嘴老八伸出舌子，摇摇头，果然就住了嘴。

很快的酒烫好了。女店主熄了炉火，在床前小桌子上摆起酒具，又抓了两把瘦花生佐酒，两人相对坐下。一闻见酒香，歪嘴老八两片歪喎的嘴唇，立刻湿润起来，一滴涎液开始在唇边出现。

“当真的，”他啜着酒，重新开始，“我碰上啦……

乖乖！两个鬼，一男一女……”

“又来啦！”

“当真来啦，两个……安隆奶奶家那庚虎，还有小金兰……”

“小金兰！”春五娘大大纳罕。

“乖乖！小金兰，不错，是她！还有庚虎，两个儿在美奂常屋后面竹林里……”

“做什么？”

“乖乖，除了幽会还做什么！”

“别丧德，老八，你要说真话！”

“当初我给吓了一大跳，心里想道，老八老八，今天你可完账啦，乖乖的碰上那对冤魂啦！再一看，那里是什么冤魂，原来是一对活宝贝在那里幽会，刚好竹林一阵响，出来一个双辫搭子姑娘……”

“她不就看见了你？”

“乖乖，”他剥着花生，“天黑啦，我躲在那株矮脚柞树底下，我看得见她，她可看不见我！出来啦，是她，小金兰！有一个便有两个，我等着。当真的，乖乖后面还有一个……”

“怎么样？”

“你说怎么样！幽会完啦，还要怎么样！两人在竹林边站了一回，看看动静，放心啦，便双双牵着手，沿美奂常屋围墙边，一蹓烟跑啦！”

“我说老八，凤尾岥当真怕会出一场不大不小的祸事！”

“你是说小金兰……”

“是呀，你想想金魁爷怎肯让女儿嫁给安隆奶奶家去？不说富不嫁贫，安隆奶奶家那一份祖传好命，也叫人心里有三分惊怕！”

油灯盏里的芯草，结起一朵预兆喜庆的红花，灯光旁黯淡了。窗外的夜风，发出悠长的哀鸣，仿佛把整宇宙摇撼得微微动荡，而且依稀地可以听到从远处传来的水车的呻吟……

在金魁爷家里，这时正笼罩着沉重不快的空气。做父亲的追问女儿晚餐前后的去向，小金兰大胆的回答，使他气恚得浑身震颤了；他对她宣称，只要他在世上活一天，他绝不容许自己的女儿成为安隆奶奶家的媳妇。

但倔强的女儿，并不为父亲的威胁所屈服：她啜泣着，跺着脚，对父亲抗辩道，除了庚虎，她不愿意嫁给任何人。

到什么时候，父母和女儿之间的这种隔阂，才能消除呢？

十 七

灰色的日子，一天一天地逝去，冬天渐渐深了。

有一天，从镇上回来的人，带来一个消息，说是镇公所前面贴出壁报，大字写着，敌人又要进攻省城了。这事霎时把全村投入惶惑不安之中……

消息传到春五娘小酒店里，歪嘴老八立刻判定道：

“乖乖，大事不好啦！日本人进攻省城，一不做二不休，我们这凤尾嶼岂不是要玉石俱焚！”

关于敌人要进攻省城的消息，几年来曾经在这小小农村里掀起很多次骚扰。从敌人的占领地到省城里，只有二三百里地，而八里外那小镇，乃是必经之路。这时，歪嘴老八便凭着他曾经一度冒险到沦陷区去做匹头买卖的经验，以一种骄夸的口吻，对众人述说起自己难得的见闻，证明敌人进攻省城的可能，以及敌人在沦陷区残酷的杀戮。如今他业已俨然成为小酒店主人，整天坐在柜台里面，帮同春五娘招呼顾客，盘算买卖。这在他算是幸运临头了，浪荡汉找到一个安乐窝了。他的脸孔几乎时刻都是红醉的，歪斜的嘴唇上，涎液也更其涓流不绝了。他把自己关于敌人的知识，尽详尽细地述说完了，然后作着论断道：

“总之，报上的消息不会假！报上总是千真万确的！日本人为什么要来进攻省城呢？就是因为他们没有饭吃，因为他们粮食缺乏！你们晓得啦，乖乖，粮食这东西可要紧得很，古圣人说的，民以食为天，粮食这东西可实在要紧！日本人枪炮子弹倒还有，可就是缺乏粮食；空着肚子总打不得仗的呀，饭吃不饱，枪炮子弹总不能当饭吃的呀！”

“那么，不迟不早，他们为什么偏拣的一个寒冷冬天呢？”有人发着疑问。

“是呀，”歪嘴老八把嘴巴扁了一下，“冬天你们的谷子都收好啦，也晒干啦，乖乖的正是时候呀！要是来的太早，谷子还在田里；来的太晚了呢，谷子可又装进肚子里去变大粪啦！”

“我想，我们的委员长一定会有办法，”一个人说。

“那自然呀，日本鬼子只是一个孙猴子，我们委员长可是如来佛，你一个筋斗十万八千里，站起来看看，可还是乖乖的在如来佛手掌心里！”

“说归说，日本人来了可总不是回好事情呵，首先地方上就免不了要受荼毒……”

“那自然呀，前些日子凤栖山上老鸦老是呱啦呱啦报丧音，我就说，乖乖，当心祸事临头啦！这倒还不算数，有一天，黄昏过后，我打从竹林旁边过身——”

“那个竹林？”听话的人问。

“美奂常屋后面那个竹林！天快黑啦，我正打从那里过身，听见竹林里面瑟索作响，我就对自己说，老八老八，这一下你可完账啦，乖乖的冤魂出现啦……”

“果然出现啦？”

“乖乖，果然出现啦，是一男一女——”

“你这活鬼，又乱嚼舌根！”春五娘企图阻止他。

“不是嚼舌根，是说的真实话！我老八亲眼看见，乖乖，一男一女，两个冤魂，女的还梳着两根辫子……”

“什么！还梳着辫子！”听话的人吃惊着。

“两根辫子，我看得一清二楚，你牵着我，我拉着你，两个人——不，两个冤魂，沿着美奂常屋围墙旁边，轻轻走过……”

听话的人毛骨悚然了，彼此面面相觑。

“他们不也就看见你啦？”

“看不见，天黑啦，我躲在那株矮脚柞树下面，浑身颤抖，心里想道，这一下可真完账啦，这条命怕要保不住啦……后来他们倒乖乖的自管自走啦！”

“走啦？”紧张的空气为之一松。

“走啦，两人慢慢走到美奂常屋前面，坐在石阶上，抬头望着天上朦胧的月亮……”

人们一致叹息了，随后，大家纷纷作着推测，都以一种带着怜悯和同情的口吻，认为那对不幸的恋人至今依然冤魂不散，可见男女爱情的深至可怕。对于这种神奇传说，即使出之于浪荡汉歪嘴老八的嘴，他们也不忍加以怀疑。冤仇深似海啊，人世间的纠结，真是留存千古……

敌人要进攻省城和歪嘴老八所见冤魂出现这两件事情，立刻在凤尾嶼形成一种恐怖的气氛，重压着人们的心。多少年来，村子里一直平静无事；即使对日本人的抗战进行到几年之久了，各种可怕的谣传都发生过，天上的飞机也一次一次的出现，打着小旗子的宣传队，也曾经光临过，不过依然很少影响到这小小农村宁静的空气。现在，不吉祥的象征终于又出现了，但愿这仍然是一种谣传，太平岁月仍然能够保持如恒……

歪嘴老八在春五娘小酒店里宣布美奂常屋后面竹林里冤魂出现的时候，庚虎并没有在场；自从上一次从那里听到一些冷嘲热讽之后，他便认真绝迹其间了。他知道村子里一般人对自己的地位全无同情，他为此感到一种说不出的愤慨，同时却更其增加他要获得小金兰的决心。他是一个倔强的人，他曾经在那神秘的竹林里，对小金兰告白过自己的决心；而她，也以自己的生命，对他作了誓言。回到家里，几次的，他想向老祖母和母亲宣布自己的秘密，结果，他只对妹妹公开了这事。他虽然知道外面闲话很多，小金兰和父亲的冲突也益越激烈，迟早总有一天，事情会完全被宣扬出来，会瞒不过老祖母和母亲；不过，他更知道，不幸的老祖母和母亲，一定会为了这突然而来的消息吃惊的，对于她们，这样的事情，如其说是一种喜讯，毋宁说是一种打击……

但金豹那天却正在春五娘小酒店里，他把歪嘴老八的话听在心里，而且为她暗暗忧虑着了。他明白歪嘴老八指的是什么人。如果一旦那浪荡汉把这个秘密不留余地的散布出去，很显然地，是一件十分严重的事情。他决定要设法挽回这种危险——至少，也应该缓和它。

回到家里，他找机会和妹妹单独谈一次话，自从对父亲发生过几次冲突之后，小金兰愈益变得精神恍惚了。她吃得很少，原是丰满红润的两颊，也成为瘦削而苍白。她不常出外，也不肯坐在家里，每天都在屋门前徘徊。金魁爷对倔强的女儿毫无办法，他只能不时向她作着唠叨，说些完全无用的教训。苦的是金魁婶婶，她简直为女儿的事情急病了。以前那种决心，业已在她心里消退；她了解女儿的性格，在这样的时候，更不敢对她作什么劝诫。现在，作母亲的人担心的是女儿瘦削下去的两颊，和燃烧在她眼里的那种疯狂似的光辉……

在没有办法的时候，作母亲的也曾对儿子说，一个作哥哥的人，不应该让妹妹陷在这样深沉的苦闷之中；或许父母的话在她身上不生作用，哥哥的话反而能够对她发生力量。她绝对没有想到，陷在深沉苦闷之中的，不仅仅是女儿一人，也还有自己的儿子。

不过在听见歪嘴老八的说话之后，金豹觉得非但为了妹妹，同时更为了自己，也必须和妹妹谈一次话了。

次日早晨，当他和妹妹并立在门前河边时，金豹低声告诉她，要她跟他到石拱桥头去，“我有话和你讲，”他说。

她对他作了会意的一瞥，略略踌躇了一下，便顺从地跟随在后面，向石拱桥走去。

这是一个晴朗的冬日，没有雾，也没有风，天壁是纯一的湛蓝，不杂半缕云丝。雀子在檐头和树枝上唧吱欢唱，空气净洁而宁静。

“阿兰，”他开始着。“昨天我在春五娘小酒店里，听到人家在谈论你……”

“谈论我什么?”她冷冷地问道。

“谈论你……说在美奂常屋后面竹林里……”

小金兰立刻满脸涨红了；但她还是竭力镇静着自己，以同样冷漠的声调截断他道：“他们说，看见我和庚虎在那竹林里说话……是吗?”

“不错，”他认真看着她的脸孔，“歪嘴老八看见你们啦，不过他并没有说出真话，他说他看见的是——”

“是什么?”

“是一男一女……一对冤魂……”

小金兰的脸孔突然变得苍白了。

看见她脸色的陡变，金豹知道自己说错了话，也微微飞红起脸，急速地，吃吃地安慰她道：

“别人的闲话……阿兰……不要紧……”

小金兰乌黑美丽的眸子蓦地扩大了，眼眶边业已涌出湿润的泪光，嘴唇也随即开始颤动……一股陡起的恐怖袭击着她，整个世界，都在眼前恍惚旋转起来……

“阿兰……阿兰……”

没有回答，她蓦地返转身子，以不稳定的脚步，奔回家去……

十 八

由于年龄的限制，在整个冬季里，安隆奶奶变得惧怕寒冷，而且明显地衰老起来了。原是健壮勤快的她，现在双颊陷落，几乎整天躲在床上，用棉被裹着身子，蛰伏一般挨过每个寒冷的日子。

但如果碰到晴朗温和的天气，她便仍然不肯在床上安身。这亚热地带的冬季，没有风的时候，气候简直和秋天差不多。在这样的日子，安隆奶奶就坐到屋后太阳下，和孙女虎妹一起补缀着鱼网。作为一个河渠旁边的农民的妻室，母亲和祖母，不仅对时令节气，十分稔熟，关于补缀鱼网的工作，也进行得异常熟练而迅速。小小的竹梭和细细的麻线，在她手里，简直成为有生命的东西，极其灵活机敏。网是孔眼狭小的“银白网”，铺张着悬挂在爬满叫做“婆婆针线包”的萝藦草的墙壁上；安隆奶奶便和虎妹并排坐着，面对着墙壁，双手在鱼网上忙碌，嘴里互相搭谈着话。

永远是愉快慈祥的老祖母，和孙女谈着自己艰苦的往日。她并不用那种引人怜悯或叹息的悲苦声调说话，从她的口气上听来，仿佛她是在谈着什么趣事。她的表情是那样爽朗，没有牙齿的嘴，时刻都浮现着笑容。

因为灵魂的善良，不论在自己过来的艰苦生活里曾经遭遇过多少欺凌和损害，但在孙女面前提起那些琐碎的，浸濡着孤寡的血泪的往事时，她从来未曾有过丝毫的抱怨和恶念。命运的赐予，在她是觉得十分公允无偏的。现在，她这样絮絮地重覆地道诉着它们，似乎纯然只是为了迟暮的老年的消遣。

当老祖母的说话稍一停顿时，作孙女的便截断她道：

“奶奶，说是日本人又要进攻省城哩。”

安隆奶奶把头抬起，以适才同样慈祥而平静的表情，沉思地说道：

“日本人？……就是那些到中国来杀人放火的草寇吗？”

“是啊，就是那些草寇，现在说又要来进攻省城啦，大家都这样说呢。”

“又要来啦，”老祖母凭着稀薄的记忆，不敢置信似的说，“难道当真是黄巢转世的吗？不是说已经杀了上千上万的人啦，罪孽深重啊！”

“是呀，说是怕他们又会来哩。”

“又会来？平白无故做什么要杀人呢？唉，总是碰上大劫年啦，要不，他们日本人也是人呀，杀到中国来做什么啊！”

孙女停下小竹梭，迷惘地望着老祖母和善的脸孔，对于老祖母那种总是以纯良的心去度量一切的态度，感到几分不解。从她断续琐碎的诉说里，她看到这善良的老人曾经有过怎样可惊的忍受！因此，做孙女的想到自己所属这家庭的不幸命运，便又试探地说道：

“奶奶，说是有人要给哥哥做媒说亲哩。”

安隆奶奶吃了一惊似的，重又把头抬起，手里的小竹梭嗒地落下地去……

“说亲？”她茫然地问。

“是的。有人要给哥哥做媒说亲；不是哥哥也真该娶嫂子了吗？”

安隆奶奶俯身把竹梭从地上拣起，并没有马上给孙女回话。

“做媒说亲！”她摇摇头，“给你哥哥庚虎！……可是你知道我们是穷人，富不嫁贫，有谁愿意嫁到我们家里来呢？”

“为什么没有人愿意？全村子有几个像哥哥这样的男子汉，怕有人想嫁给哥哥，不愿意的倒反是哥哥呢。”

老祖母依然摇摇头。

“不会有那样的人……庚虎是一个好孩子，身壮力健，为人也肯守本分，按理说起来，不该没有人愿意嫁给他；不过终是自己家道穷啦，不说人家不愿意，就是愿意，也要看看自己家里配不配得上呢。”

“为什么?”作孙女的以一种微带愤慨的口吻问道。

“为什么！常言说的好，池塘养不得海鱼，矮檐容不得高人呀!”

于是，两人同时沉默了。在爬络着萝藦草和悬挂着鱼网的墙壁上，凝止着一对寂寞的影子……

冬日和煦的太阳，普照着大地。雀子在屋檐上跳跃觅食。一条肋骨突现的饿狗，在墙脚边嗅着，蓦地举起后腿，撒下一泡尿，轻快地跑掉了。几只母鸡，受惊似的咯咯作声。一边一株落了叶的梿树上，不知从那里飞来一只老鸦，丫丫地鸣叫了几声，以一种仓皇急遽的神情，重新掠空飞去。

“不过，的确有人愿意嫁给哥哥呢，”半晌后，虎妹重又开始。

“愿意嫁给庚虎?”老祖母停住竹梭。

“是的，有人愿意……”

“是谁?那个村子里的?”安隆奶奶追问着，期待地望着孙女微微飞红的脸。

“对河的，”虎妹轻声回答，垂下了脸。

在老祖母脸上，浮现出一种深思的表情。她似乎在搜索着自己模糊的记忆了。孙女所说的话，虽然使她感到几分意外，不过和意外相伴而来的，还有着一种细微的喜悦。只是这种喜悦立刻从她表情上消失了，她又一次的摇摇头，许久默不言语。

孙女仿佛从老祖母的表情上，读出老人那种隐秘的，和横在她们命运前面的那种不幸相结连的情绪了，便重又垂下刚一抬起的，更加涨红了的脸孔，迅速地，但却是心不在焉地在鱼网上忙碌起来……

“虎妹，我总是疑心——”安隆奶奶开始说道。

“疑心什么，奶奶?”

“疑心庚虎……你记得啦，那一天，两三个月以前，我看见他朝美奂常屋那边走去，身子只一闪，好像走进常屋后面竹林里去啦!”

虎妹恐怖地望着老祖母那张突然变成壮严的脸孔。

“不是说，哥哥马上又走出常屋那边路上，并没有当真走进那竹林吗?”

“是的，好像走进去啦，可又马上出来啦!”

在安隆奶奶一边眼角，出现了一颗晶莹发亮的东西，但她立刻把它抹去。

“奶奶，”孙女的声音微微发颤了，“一定是你老人家一时眼花，看不清楚；哥哥不会走进那竹林的，大家都知道在那竹林里……”

“是呵，在那竹林里，从前曾经有过一对男女……”

“奶奶，莫说啦，”虎妹阻止着她。“我知道啦，不过哥哥决不会走进那里面去的!”

安隆奶奶微露惊讶地望着孙女。当两人的眼光迅速接触的刹那时，做祖母的立刻从孙女剧烈转变的脸色上，看出什么可怕的东西了……

“虎妹，”她转过身去，以一种洞悉一切的神情说道，“告诉奶奶，你可曾看见过庚虎……看见过他走进那个竹林里去吗？”

虎妹的脸孔，又一次的由涨红变成苍白了。

“没……没有，奶奶。”她困难地回答，把眼线从老祖母的注视下避开。

安隆奶奶不放松地追问道：

“那么，虎妹，你说，你可曾看见别人走进去过吗？”

“也没有，奶奶。”

安隆奶奶依然不肯放松。在她那衰老的，挤满皱纹的脸上，腾起一种激情的微光；同时，她的干皱的嘴唇，也微微痉挛着。

“虎妹，不要在奶奶面前说谎话！”

“没有说谎话，奶奶。”

“那么，告诉奶奶，愿意嫁给庚虎的，是对河那一个姑娘？是小金兰吗？”

作孙女的简直迷乱起来了，手里的竹梭，一连跌落三次。

“奶奶，没有……是我随口说的，也没有人要给哥哥做媒说亲……没有，什么也没有……”

于是，抛下竹梭和鱼网，如像陡地想起什么事情似的，她跑回家去。望着孙女这种慌乱激动的情形，最初一刻，安隆奶奶也显得为之骚扰不安了；但随即，她以微微抖索的手，重新拿起竹梭，开始在鱼网上补缀起来，而在她挤满皱纹的脸孔上，也很快的恢复到原来的平静。

十 九

随着敌人又要进攻省城的消息，一种更可怕的威胁，又复降临到这小小农村里来了。

近些日子，差不多是每天上午，有时甚至是在早餐以前的清晨，总有一架或是几架太阳章的飞机，从这一带天空经过。有一天，一架飞得特别低的飞机，它的身子几乎要挨到凤栖山的顶巅了，先在镇上打圈子，后来便飞到凤尾岬来，从上空抛下很多红绿纸条，和凤栖山上秋天的红叶一般，在田野上飞舞。大胆的人，于飞机离开之后，拣起来送到春五娘小酒店里去研究。

给这种奇怪的纸条作着解释，而且更其增加着众人的不安的，依然是以博见多闻自傲的歪嘴老八。这些日子来，这位幸运者在小酒店里的位置，越益坚固了。他的瘦削脸变成十分红润有肉，眼睛也显得更加细眯了，仿佛他随时都在打算着什么诡谲的坏主意。尤其是他的嘴巴，原是业已可笑地㖞斜着了，而现在，上下两片嘴唇，不住的痉挛着，仿佛要各自向左右不同的方面挤将开去一般。他终日坐在柜台里面，非但在众人面前不再讳避自己和春五娘的关系，并且逐渐掌握到小酒店的经济权了；他给春五娘恢复了记流水簿的办法，又提议兼卖杂货，扩充营业的计划。自然，女店主对他的主张是无有不全部采纳的，甚至有一次竟然吩咐小女儿喊他做“干爹”哩。以一个只身孤独一无所有的人，如今居然享受了一家酒店和一个肥胖女人，白天既能尽情醉饱，晚上还有被一份女性的温存所接待的幸福，宜乎他的踌躇满志了。当人们都惊骇于那奇异的纸条时，他在小酒店的柜台里面，满嘴涎沫的说：

“乖乖，这是日本人撒下来的传单，告诉大家，他们就要进攻过来，叫你们不要惊慌——祸事怕难免啦!”

对他的博见多闻虽不敢菲薄，不过众人还是不大敢相信他的话，有人便对他反驳道：

“我不相信！人家来进攻，那里会平白无故的先给你报信呢?”

“你不相信?”歪嘴老八做出一付鄙弃的神情，“乖乖，你可知道，用兵也得有个兵法呀。没有进攻，先开架飞机来给你撒一通传单，这便是兵法，便是叫做先礼后兵，攻心为上呀!”

“难道日本人也讲礼?”

“不是讲礼，这是乖乖的阴谋鬼计！你看他传单上说得好听，这里面可有花样；你别看他今天开飞机来撒传单，说不定明天就会来掷炸弹！”

“竟有这样不讲理的？”

“就是呀！常言说的好，矮子肚里疙瘩多，日本人就尽是些肚里装满疙瘩的矮脚鬼！你还以为开飞机来撒传单是和你们来讲交情的吗？他们要是肯讲理，就不会和我们中国开起战来啦！”

“难道日本鬼就不是人！”

“你们还以为是人吗？乖乖，你们是没有看见过，我老八可是看见过的哩。在上海的时候，大英帝国人，美国长子，德国胖子，俄大鼻子，还有印度阿三……什么人我都看见过！日本鬼的腿子只有半截长，走八字步，脸上肉是横的，打起仗来不讲人道，专门放毒气……”

“什么毒气？”

“毒气！日本人从飞机上丢下一个毒气包，乖乖，那毒气便像烟雾一般，遇草草枯，碰人人死，像我们凤尾噢这样的村子，不消半个毒气包，便会人畜俱亡，虫鸟死绝！”

人们不得不发出惊叹之声了。这些生活在偏僻农村，依靠土地为生活的质朴农民，他们熟悉天时的变化，谷物的生长和雨露霜雪的调顺，熟悉生活的艰辛困苦，但对于在自己生活以外那广大世界里，竟还有那么多可怕的东西这事情，却不无迷惘。对歪嘴老八的说话，他们听了，照例在心里有着保留；但如果他所说的果系事实，那么他们在尝受生活的艰辛之外，还得准备承受另一种更大的灾难的袭击了，这真是他们所不能想像的！……

看见自己的博见多闻业已赢得人们的惊叹，这位幸运的“干爸爸”便更其眉飞色舞了，便继续说道：

“我老八是见过来的……乖乖，那年‘一·二八’——知道吗，就是一月二十八！——日本人也来攻打过一次上海，我老八可当真是亲眼看到的，炸弹，大炮，也有从飞机上丢下来的毒气包……嘿，那个光景，那才叫是——”

“那一次可不还是给我们中国打赢啦?”人们的关心在另一面。

“那自然呀！我们中国有委员长，有谋划，怎么会不打赢呢？比方这一次抗战，我们委员长就用的诱兵之计，把日本人乖乖的诱到里面来，再关上大门，打他一个落花流水!”

接着，话又重新转到毒气包上去。大家纷纷说出自己的意见，批评着别人的意见。在这种时候，歪嘴老八便变成一个最受尊重的人了，他睎眯着眼睛，以一种君临一切的态度，给大家决断着疑虑。

“总而言之，”他摇幌着头，“祸事难逃啦！凤栖山上老鸦刚报过丧音，美奂常屋后面竹林里，冤魂又现了形，如今日本人的飞机又开来撒传单……你们大家想想看，这样乖乖的什么光景！”

“那么我们怎么办？”

“你说怎么办！是福挡不住，是祸呢，也就躲不开，还不是只好听天由命！”

“总该有办法呀，难道就睁眼看着让炸弹把村子炸成灰吗？”

“没有办法！你总不能乖乖的把人家天空里的飞机打下来呀！”

虽然歪嘴老八在说着这样可怕的论断时，仿佛自己是一个处身于灾祸以外的人，没有丝毫畏惧的神情，但听话的却全为这而惊扰起来了。

最后，终于有人主张，先派人到镇上去打听一下消息，看看镇上人在作着怎样的打算。大家都靠土地为生，都有一份虽然贫苦却还安静的生活，如今面临着灾祸，怎能不想法避免它呢？不过当他们一想到担当这个巨大的威胁的，还有那些比他们更贴近灾祸，同时也比他们更富机智的镇上人时，便觉得即使歪嘴老八说着那样绝望的论断，也还是会有抗御的办法的。

第二天黄昏后，春五娘小酒店里的空气，重新变得和平松弛了。因为到镇上去打听消息的人回来说，镇公所前面又贴出新的壁报，上面写着，日本人业已给中央军打退回去了，满天的灾祸，霎时间又复消尽了。虽然博见多闻的歪嘴老八，依然作着不愉快的预言，旁证广引，认为如果飞机还是不断飞来，灾祸总还不算完全脱离；不过听信的人绝无仅有，大家都顺着自己的希望，相信着和以往每一次一样，这只是一场徒然的惊扰，风浪很快就会平息下去的。所以充满着小酒店的，依然是昏暗的柏油灯光下的，质朴的农民的脸孔，无尽的趣话和放肆的笑声。灾祸的预感从心上移去了，欢乐也便成为一种更可贵的享受……

二 十

两个月过去了——新年到了……

在这小小农村里，新年是一个重大而欢乐的节日。安隆奶奶，曾经为孙女那一场富于暗示的谈话而忧郁过一时，但临到新年，也变得愉快起来，按照农家的习惯，忙碌于这一年中的重大的祝福。

她始终是和善而虔诚的。在她久长的过去的岁月里，她一直小心谨慎地走着人生的道路，现在也还依然在继续。对于神灵，她的畏敬没有改变。家道虽然贫穷，但每当岁尾，她终是以严肃的心情，置办一切供献给神灵的祭品，而且尽可能的使家庭里充满和悦的气氛。因为，这是关系着明年一整年的幸运的啊……

年三十那一天，她在大门上和墙壁间张贴起大红斗方和春牛图；把悬挂在屋拗里的，一向被尘埃所蒙封着的小小神龛解将下来，供在桌上；又把灶君爷的小小宫殿，加一番扫除，换上新的红纸帷帐。她在这些神祇前面，插起吉祥的红烛。此外，她又把一个大神主和几个单神主排列在神龛旁边——这便是这不幸家庭的祖宗，以及安隆奶奶自己的丈夫和儿子。她用一种爱抚的喜悦的眼光，注视着这些神主，说着一些祝福的话。然后，她在神龛，灶君爷和祖宗神主前面，一一敬着香，并且教媳妇和孙儿孙女们也一起这样做了。

忙的他白天过去了，黄昏迅速来临。在村子里，业已发出零落的爆竹声。安隆奶奶首先吩咐孙儿庚虎燃点起门前长松杆上的“万年灯”，她自己便净了身，洗了手面，把神龛和灶君爷前面的红烛，也一齐燃点起来，使一向是暗黑而寒伧的家屋，充满着闪耀的光辉。

而在吃着称为“团年饭”的一年中最后的晚餐时，如像对待宾客，安隆奶奶给媳妇和孙儿孙女们劝着吃，把鸡和肉用筷子拣到他们碗里，不许别人推辞。

“吃呀，”她说，“吃多福多，肚饱寿高，一年四季进财进宝！”

在老祖母的祝福里，孙儿孙女们变得更为稚气，也举筷回敬着安隆奶奶，要她老人家同样的多吃。自然，老祖母也不推辞，鼓动着没有牙齿的嘴，艰辛而忙乱地咀嚼着。并且，庚虎和虎妹，兄妹两人更互相戏谑着，嘻笑着，快乐得和小孩子一样。

只有小隆婶婶很少言语，简直一直紧闭着嘴。她的脸上虽然也有着笑容，不过这种笑容，被不愉快的沉默掩蔽了，甚至破坏了整个融和的空气。安隆奶奶看她一眼，把一只肥大的鸡腿往她碗里一塞，说道：

“虎儿妈妈，你怎么不说话？怪孩子们不给劝吃吗？呐，这只腿子孝敬给你，保佑你明年早抱孙子！”

“啊！”她回答。

“庚虎，吃呀，年轻人肚量总要大，”说着，她又把一只鸡翅膀塞入他碗里。

庚虎迅捷地把老祖母的赠物，投给旁边的虎妹。

“我把奶奶的鸡翅膀孝敬给你，虎妹，保佑你明年这时早生贵子！”

“好啦，虎儿妈妈，快给他们兄妹两人道喜呀！”

老祖母张开没有牙齿的嘴，笑着。

外面，有着热闹的锣声和爆竹声。而在这贫穷的茅屋里，也有着一个愉快的欢笑的除夕……

在另一个家庭里，空气却是凝重而闷窒的，虽在应该欢乐的日子里，各人也都守着一份隐隐的愁苦。

为了女儿的事情，金魁爷迁怒到做娘的身上，几天来，整个家庭都失掉了和睦。小金兰曾经病了一些日子，金魁婶婶侍候着女儿的茶水，流着母性的眼泪，把一切罪过，都推委在做爹的人不应该拿些不计轻重的话威吓女儿；甚至也埋怨着那位做大姨母的鱼行主妇，认为老头子的暴躁和女儿的病，都是由她种下的祸害……

虽然业已是万家祝福的时候，金魁爷和金魁婶婶可还在为着女儿的事情生口角。金魁爷竟连金豹燃点“万年灯”也阻止了，没来没由地骂道：

“点什么灯！过什么年！你们眼里没有我，你们知道这个家是那一个的！”

“家是你的，女儿便不是你的！”金魁婶婶顶着嘴。

“我没有女儿，我没有这样的女儿！不听爹的话，做些不三不四的丑事，我要这种女儿做什么！”

“你不要女儿，这话是你说的，你在今天大年夜说这种话，你不知道阿兰正躺在床上……”

于是做母亲的便伤心的哭了。这却更惹起金魁爷的生气，他砰砰的捶击着桌面，简直咆哮一般的骂道：

“你哭你哭！年节流一滴眼泪，明年就一年晦气！你哭得正是时候！”

“可是你自己呢，你就不听听自己那种口腔！”

即使是在大家围坐吃年夜饭时，情形也依然没有好转。金魁婶婶脸上挂着泪痕，安排着这一顿意义重大的晚餐。金魁爷虽然口不出声，怒气却还没有全消，只顾默默的抽烟。女儿小金兰经过母亲几次三番的催促，这时从床上起身来了，但完全失掉平常的活跳，颦蹙着眉头，兀自坐在厨房灶门下；她的辫发松散零乱，在熊熊火光的照映里，脸颊显得异常苍白，眼角边隐隐汪着泪珠。

只有金豹，不顾父亲的阻止，把屋前的“万年灯”燃点起来了，又在屋子里燃点起红烛。对于爹和娘在这除夕的口角，他也分受着一份犯罪似的感觉。

一年中最后的晚餐，在一种不愉快的空气里完毕了。为了逃避这种沉闷空气的重压，金豹偷偷蹓出屋门，自到春五娘小酒店里凑热闹去了。金魁爷于喃喃独语了一回之后，便上床睡去；他觉得这是自己所度过的几十年中最黯淡的一个除夕，一切喜庆吉祥都业已离开自己，在他老年人的心上，笼罩着一层近乎绝望的忧思。

而金魁婶婶，把晚餐后的碗筷盘碟安排停当，便吩咐女儿和自己一起净了手面，燃起红烛，敬着香，然后母女两人并排在灶君爷前面跪下，虔诚而热切地祈祷着福泽。对于小金兰，没有再比这一刻，更其感觉到神灵的真确存在了；她把自己的愿望，无掩饰的向神灵告白了，在她微微颤栗的祈祷声里，充满着一个少女纯真的信心……

二十一

午夜前后，是美奂常屋里最热闹的一段时候，全村的人，都到这里来祭祀祖宗。一向是寂寞冷落的所在，这时却灯烛辉煌，锣鼓喧天，爆竹声不绝于耳，空气里弥漫着烟氲和火药气息。

在欢乐的陶醉之中，人们简直近于疯狂了。从村子到美奂常屋路上的岔口，有人竖起一盏路灯；这种路灯，做法十分简单，把一根竹棒的一端劈开了，糊上彩色纸，当中燃点着蜡烛，就可以照明约莫两丈来远的周围。村童们又在道路两旁，以一定的间隔，插起线香，远远望去，仿佛是夏夜的萤火。不论男女，大家都到美奂常屋里去，参加热闹的祝祭。

虽是异姓人家的庚虎，也来到这里分享欢乐。他不愿意上春五娘小酒店里去，他对于歪嘴老八怀有强烈的愤恨；他宁可把自己高大横阔的体躯，挤在一些孩子们的队伍里，和他们一起呐喊，一起哄笑，一起鸣放爆竹取乐。孩子们喜欢把爆竹燃上引线，往美奂常屋后面的竹林里抛掷。这种游戏，使他们感到一种揉合着恐怖的喜悦。庚虎也照样做着。爆竹带着一点火花，以弧形的曲线，掠过浓黑的夜空，直跌入深邃的竹林，然后发出一种闷窒的轰响，爆炸开来。

而在美奂常屋里面，平日堆积农具杂物的正厅上，这时供奉着神主香火，悬挂起巨大的灯笼；正厅两边，人们拥挤麇集，包围着锣鼓戏班。这种戏班由年轻农夫们自己组成，分配一定的角色，演唱着吉庆的故事；而簇挤在他们周围的观众，一面听着，一面发出赞叹或作着批评，不时爆发出哄笑和掌声。

而在远处，在原野上，虽然这是一个平静的夜，没有风，但那河渠旁边的水车，依然舞动着众多的长臂，哗哗地发出愉快的呼唱，在这一年中最重大的节日，参加着农民们欢乐的祝福……

锣鼓戏班业已散去，众人大都回家去了，美奂常屋里慢慢冷落下来。这时只剩着几个轮值守祭的人，坐在正厅的祭桌旁边打瞌睡。爆竹声寂寞无闻，全村子开始沉入一种热闹后的静谧之中。

庚虎回到家里后，又复走将出来。他是一个精力旺盛的人，在一种持久的兴奋里，今天晚上，他不甘心太早上床。除夕不是要守岁的吗？一年之中只有这一晚，照例他要守到通宵。他在村子里走了一转，苦于无地可去。他知道在这时候，唯一热闹的地方是春五娘的小酒店里。他踌躇着。

河渠对面，村屋下首那一端，有眩眼的灯光射出，而且还有着哄笑声传出。这对庚虎是一个强烈的诱惑。如果在平时，这种灯光和笑声，只能引起他的憎恶；可是现在却是不同的，现在是除夕，是一年中最后的一晚……

他一步一步向前走去。岔路口上的路灯业已熄灭，是浓黑的夜。不知道从什么地方传来悠长的鸡鸣声。微微有点儿夜风，寒气袭人。

正当他决不定一直过桥到春五娘小酒店里去，还是再上美奂常屋去走一转时，突然看见在不远处有一个人影。

“是谁?”他喝问道。

那个人影立刻站住了，没有回答。

被一种陡起的预感所怂恿，他很快的向那人影走去；同时，他的心也马上剧烈地跳动起来。

“庚虎，是你吗?”

“是我……阿兰……这时候你出来做什么?”他双手捉住她颤震着的肩膀。

她没有回答；霎时间，在她胸口里走动起一种要哭出来的酸苦的情绪。

服从于一种奇怪的，不约而同的意志，两人同时向美奂常屋走去。他跟随在她后面，觉得她浑身都在激剧颤栗。在这一刻，他很想莽撞地把她紧紧抱住，对她宣告，在任何巨大的危险之前，他都有为她殉身的决心。

“阿兰，冷吗？”

依然没有回答。她走得很快，如像在应着什么紧急的召呼。近乎本能地，他跟随在她后面，没有丝毫疑义。

她一直向美奂常屋后面竹林里走去。在黑暗中，踩着地上干枯的草梗，发出细小的拆裂声。到达竹林旁边平日的入口处，小金兰突然站住了。虽然是在黑暗之中，也仿佛可以看见她于骤忽间挺直身子，脸上浮现出一种壮严的表情……

“庚虎，今天晚上你求过愿来吗？”她开始以锐厉的口吻问道。

“求愿？……向什么人求愿？……”她的询问很出他意料，他微微感到困惑了。

“向什么人？向灶君爷呀！”

“啊，阿兰，我求过来的……奶奶和我一起求的……”

她从黑暗中伸过一只手，紧紧抓住他的——他感到她的手心非常灼热。

“好，”她说，“你求过啦！那就好，求过就好！灶君爷是很慈心的，他一定会可怜我们，保佑我们的！”

“阿兰，你可也求过啦?”

“我？当然，我和妈妈一起跪着求的；我把心里的话统统告诉灶君爷啦，求灶君爷怜悯我们，保佑我们。我好像听见灶君爷答应我们啦……”

“答应我们啦?”他茫然地问。

“是的，答应啦，我听见的；庚虎，当时我想，他呢，他是不是也在那里求呢？我要问一问你，便瞒着妈，从床上起来，一直跑到你家屋后，从窗口看了三次，没有看见你，只看见你奶奶跪在灶君爷前面……”

“你看见我奶奶啦?”

“是的，看见啦，你奶奶，她跪在灶君爷面前，磕着头，求着；一连看了三次，她都没有站起身来……庚虎，你说，你奶奶是在替我们求的吗?”

“奶奶会替我们求的，阿兰。”

“好，庚虎，我心里好过得多啦，好像连病也好些啦!”

他把她的脸孔偎依到自己胸前，一只手搂着她的腰，一只手摸弄着她的散乱了的发辫。

“阿兰，可是你手心发烧着呢。”

“不，我好过得多啦；原是觉得冷的，这时反而好像太热啦。庚虎，我问你，到底你有没有把我们的事情告诉给你奶奶?”

他把她搂抱得更紧些，一时不知道怎样回答。

“庚虎，你说话呵！”

“明天我就去告诉她老人家，阿兰。”

“好，你告诉她老人家吧，一定要告诉她，什么话都不要瞒住，庚虎。”

“为什么？”

“为什么！难道你不知道你奶奶是一个好人？你奶奶的心眼真好！庚虎，亏你有这样一个好奶奶！反正，我们的事情，你就是不告诉她，她老人家也一定知道；今天晚上在灶君爷前面跪得那么久，便是替我们的事情向灶君爷求愿的。”

听她这样说着自己的老祖母，庚虎的眼睛里，便不自主的润湿起来；而在同时，也觉得在这一刻，自己真是幸福。于是，他更紧的双手搂抱着她，在黑暗中，俯下头，贪婪地吻着她松散的发辫。

从村子里，又传来一遍鸡的鸣叫；仿佛在告诉人们，这一年最后的一晚就要过去，明天又是一个新的开始……

二十二

元宵节那一天，为了给新愈的女儿散散心，金魁婶婶特地陪伴着小金兰，到镇上去看舞龙灯。

从凤尾嶼到镇上，有八里长路。路是狭窄的石子路，一半和河渠相平行；一路上，要经过三个小小村子和一个破旧的亭子。小金兰在这一天换上一件盘花黑色缎袄，辫子上扎着一对红绸蝴蝶花。这种打扮，对于她非常相宜。她病后微显苍白的脸孔，和黑色缎袄相配衬，自有一番迷人的风韵；尤其是扎在乌黑生光的辫子上的红花，垂在肩膀上，更增加了不少妩媚。

是一个非常佳美的好晴天，气候温暖，空气纯净而新鲜。如其说是为了遮蔽太阳，还不如说是为了装饰，小金兰戴着一把精致的浅蓝绸质小阳伞，在柄子上垂着大红丝穗；学着城市里人的办法，她把一块黄色手帕，系在捏手的地方。刚刚走出门，便吸引了不少赞羡的眼光。

金魁婶婶也收拾得十分干净，穿起出客的新衣，戴着一把黑布洋伞。她走在女儿后面，脸上浮现着一种愉快而虔诚的神情，频频地和邻人打着招呼。

从各村都有人到镇上去赶节，所以路上的行人，络续不绝。道路两旁，从生着半枯萎的薰兰草，蒺藜和新生的蕁草。在这温暖的地带，冬天还未曾过去，春天便已然来临。经过最初的一个小村子时，一只小小黄狗，向她们可笑地吠叫着；当金魁婶婶收起阳伞，向它威胁地挥动着时，非但不肯逃避开去，反而做出要啃啮的神气，吠叫得更其厉害。

一个坐在门前晒太阳的老婆婆，用手按在额角上，眯起眼睛，端详着小金兰，随后向旁边的人轻轻问道：

“这姑娘是那个村子里的？”

“她吗，”有人回答她，“你老人家难道没有听说过，就是凤尾屿的小金兰呀。”

“真是一个漂亮的姑娘呵！”

走出村子，前面不远的地方，便是那个破旧的亭子。这时，在亭子里，停留着好几个年青农夫，一齐把略带惊异的眼光向小金兰投射过来，其中有一个是熟识金魁婶婶的，连忙站将起来，恭恭敬敬的和这对母女打着招呼。他这举动，引起同伴们不少歆羡的询问。

过了亭子，道路便逐渐高低不平起来。因为受着微风的吹拂，小金兰的颊上变得特别红润，如像搽上过多的胭脂。而且愈是接近目的地的小镇，她的脸上便愈是显出一种迷离的笑容，她的脚步也愈是轻快……

又是一个村子过去了。这村子非常小，只有两户人家，几间低矮的茅屋，傍依着一个土山的斜坡，前面则围绕着一条小涧。

经过最后一个村子时，走上较高的地方，便可以望见那广阔的远处的大河。但这只是一瞬间的事，因为，马上便是一个较低的地方，大河便蓦地从眼前失踪。太阳业已将近中天，穿着厚实的棉袄，微微感到热意，小金兰的鼻端，开始出现小小汗珠；她便在伞柄上解下手帕，轻轻把它抹去。

这时，道路向右边弯曲过去，行人也就更加多了。经过一座小桥之后，镇上的一个小小石塔，便突然跃入眼帘；而且，几乎是在同时，那一片镇屋的瓦鳞，也全部呈现出来。

“妈，你说，我们吃点儿什么呢？”

“随便什么都好……衣穿多啦，妈热得不想吃，你喜欢吃什么便吃什么。”

于通过一条狭小，拥挤而潮湿的街道之后，现在，母女两人走进一家充满鱼腥气味的小小饭馆。以前跟随父亲上镇赶集时，小金兰习熟这家饭馆。但由于今天特别惹眼的装束，几乎所有的顾客，都被她动人的美貌所吸引住了。在众多贪婪的眼光的压迫之下，小金兰微微飞红起脸，在一个屋角里坐下，催促地征求着母亲的意见。

一个油嘴的青年堂倌，肩上披搭着一条湿淋淋的抹布，咧开一张嘴，笑嘻嘻的过来了。他一叠声的给她们报了许多菜名，问她们究竟吃什么。

“阿兰，你要吧，”金魁婶婶说。

“不，我不!”

终于，由作母亲的要了两碗美味的虾子面；堂倌把肩上的湿抹布在桌上划了几下，给她们摆了一份筷碟，拖声拖气的唱着走过去了。在这等待的片刻，小金兰觉得全饭馆的人都在对她作着鉴赏和批评，便再也不敢把脸抬起，只是放一支筷子在嘴上，轻轻咬着它。在村子里，她原是一个出名大胆的女孩子，可是一到了离家并不很远的镇上，便充分显露出一个少女的娇羞来了。当她偶而试探地用眼角向周围迅速一瞟，发现别人果如所料地都在端详着她时，一颗心便禁压不住的跳动起来。

忽然从饭馆门口，传来一阵非常熟悉的说话声，小金兰刚一抬头，便看见堂倌引着庚虎和几个年青同伴走进来。她的脸孔陡地变得通红了，而且一直红到鬓发，红到颈脖。刹那间，她不知道应该怎样才好了。

庚虎最初自然并没有看见她，他昂然地大步跨将进来；而当他一发现她时，也完全陷入手脚失措，进退为难的境地，一下楞住了……

不知从那里来的一股勇气，小金兰首先站起身来，向他打着招呼道：

“庚虎——你也来啦？”

“啊，金魁婶婶，”他红着脸，讷讷地接应着，“还有你，阿兰……”

金魁婶婶也稍稍红起脸，和庚虎点着头。

再没有可说的话了，三个人都怔住了。庚虎木然地，被钉子钉着似的站在一边，既不说话，也不走开。小金兰的脸孔愈来愈红，不敢抬头。时间再没有比这一刻更为难堪的了。和庚虎同时走进来的几个伙伴，并不是凤尾岰人，不知道埋在庚虎和这对母女之间的秘密，所以这时便自行找一张桌子坐下，只是吃惊地带着歆羡的神色望着。

“你只一个人来吗？”终于，金魁婶婶对他冷冷地问道。

“是的，金魁婶婶，”他回答，“他们是在街上碰到的。我来的时候只有一个人；本来虎妹也想来的，她舍不得离开奶奶，怕她老人家冷清，这两天她老人家不大好过，晚上受了凉，金魁婶婶。去年她老人家要健旺得多啦，元宵节她老人家和虎妹一起来看了灯的，今年可不愿意来啦，人老啦，金魁婶婶……”

他滔滔地，着了魔似的说着，完全没有想到说些这样的话，究竟有什么意思。从老祖母，他又谈到母亲，妹妹，家境和自己对生活的打算。

“和甲辰家拼买的那条牛，老啦，活又重，做不过来，每年我都要用锄头自己掘几丘田，金魁婶婶。可是终究是老啦，不济事啦，终该自己买过一条的；我已经存好一笔钱，两只小猪仔也可以出拦啦，打算今年自己买一条小黄牛喂。金魁婶婶，我们靠耕种吃饭的人，牛总是要紧的啊！”

他继续说着，完全是一个小孩子的神情。自然他说的很零乱，没有半点次序，但全部都是真实的，热情的流露。直到堂倌把两碗腾着热气的虾子面端来了，这才如像从幻梦中突然惊醒似的，涨红起脸，住嘴告退。

在一种恍惚迷惘的情形之下，小金兰匆促地吃了面，跟随着母亲走出饭馆。母女两人刚刚踏到街上，劈头又碰到一个熟人，和她们热烈地打了招呼；这是同村子的歪嘴老八，他挑着一双小箩筐，给春五娘到镇上来办货，现在正要进饭馆喝这么几盅，却无意间和她们母女打一个照面。他贼忒忒地向小金兰瞥了一眼，心里一阵酥麻，歪斜的嘴唇边，便流下一滴涎沫来。

舞龙灯的场所，是在小镇尽头一个临河的小小悬崖上面。金魁婶婶母女两人到达那里时，时间还很早；悬崖上面的空坪里，只有很少几个人，围着一条插在地上的龙灯。舞龙的人还没有来到，在那个巨大的，用彩色纸和红绿绸缠贴着的龙头旁边，两个裹着头巾的汉子，懒懒地蹲着敲打锣鼓。或许因为是白昼的缘故，约莫近二十节身子的龙灯，糊贴着绘有鳞片的绿纸，用褪色的黄布联缀着，并没有想像中的好看。反而是小金兰的来到，引起了大家的注意；而那两个裹着头巾的汉子，也突然起劲地敲打起锣鼓来，同时高声吹着口哨。

感到微微的失望和窘迫，小金兰便和母亲走向悬崖的边缘去。从悬崖向下面眺望，冬天河水退减，这时呈现出一片砂滩。几个穿新衣的小孩子，不知道从什么地方爬下悬崖去，在砂滩上检着贝壳。砂滩尽头，澄清的河水，平静地荡着微波，哗哗作响；不远处的河面上，有一只小小渔船，一颠一簸的浮泛着……

“妈，我想早些回家去。”小金兰心情不定的说。

“来了总该看看呀，着急回去做什么？舞龙灯的人该快来哩。”

做女儿的垂下头，双手摸弄着阳伞。

“妈，你说，庚虎今日对你说那些话做什么？”

“什么？”金魁婶婶瞪了她一眼，“庚虎？你心里就只有庚虎，连龙灯也不看哦！难怪你爹不生气！”

受了母亲的抢白，小金兰撅起嘴，对母亲做了一个娇嗔的表情。

慢慢的人来多了，锣鼓也敲打得更响亮。裹头的人也来了，舞龙灯即将开始。一个背龙珠的小伙子，腰际束着一条红带，吹着口哨，在人围里面兜圈子；当他走过女人们面前时，就把龙珠往她们脸孔边幌几幌，惹起大家拍手哄笑。

终于，龙灯活动起来了。背龙头的是一个特别健壮的汉子，他双手擎着杆子，眼睛紧紧望着前面的大红龙珠；随着龙珠上下左右的滚转，龙头便张大起嘴，飞舞起须，也上下左右的摆动，作出要衔住它的模样。于是，一节接连着一节，整个龙身都活动起来；最初是慢缓的，逐渐加快，逐渐变成一条绿色的，机灵自如的，真正的活龙。锣鼓紧促地敲打着，舞灯的人一致吹着口哨，愈舞愈快，愈快愈像是一条有生命的活龙；而在周围的人丛中间，便激起一片轰然的喝采。

忽然，从人丛一角，涌出一群蚌壳，鲤鱼，蟒蛇，青蟹和蛤蟆的扎灯，参加进来，在巨龙的前后左右共舞着。这时，在人们眼前，只觉得那是一团缤纷杂陈的彩色，简直使人神晕目眩。但在一阵乱舞之后，慢慢恢复秩序，背龙珠的小伙子和其他的扎灯，一起退到旁边，单剩一个蚌壳，在龙头前面，相对袅袅而舞，同时唱着婉啭的女音。所唱的歌辞，便是祈祷龙神，不要兴波作浪，使这一带依靠河边沃土为生的人们，免遭灾殃。唱完一段，龙头便吐舌弄眼，做出欢欣的神情。于是蚌壳退去，鲤鱼接替着进场，边舞边唱……

小金兰紧靠在母亲身边，挤在人丛里面观看着。她并不怎样热中于龙灯，她的眼睛在左右人丛里搜索着，只要一瞥到一个和庚虎稍相类似的面型，便会陡地脸热心跳起来。

在归途上，母女两人一路默默无语。但同时都觉得，今天饭馆里和庚虎的相值，仍是不可避免的命运的安排；并且，在庚虎和她们之间，现在业已发生一种奇异的联系。

二十三

从小饭馆出来，和伙伴们分了手，庚虎在街上彷徨着。直到这时，他还没有恢复过自己的神志；他的高大的躯体，被人们拥挤着，如像浮荡在半空中似的，失掉了自主的力量。他一连踹了三个人的脚，撞倒了两个街旁的摊子，又险些把一个老妇人的一篮鸡蛋踢坏了；老妇人生气地咒骂了他一阵，他也不理会，仿佛根本就没有听见。

霎时间，他忘记了自己究竟对金魁婶婶说了些什么话，他只简单觉得，自己业已在一个公开的场面，和她说过话了；也就是说，自己和小金兰一家，业已有着某种无形的联系了。这是怎样一回重大的事情！又是怎样一个奇异的机缘！

但是，究竟在金魁婶婶那一边，对他今天的举止，发生了怎样的印象呢？她会讨厌他吗？会不满意他的唐突吗？啊，不！今天是小金兰首先招呼了他的，是她先喊出他的名字的。如果没有母亲的同意，她一定不会这样大胆；当着那么多人的面前，站起来招呼一个年青男子。并且，自始至终，金魁婶婶并没有什么不愉快的脸色；他说话的时候，她是的确专心地听着的……

一直走出街的尽头，他才惘然站住。他简直没有心思到悬崖的空坪上去观看龙灯了，他有满肚子快乐的话，要对人倾吐出来。很明显的，幸福的纤手，业已开始抚摸着他了。他为什么还要留在镇上？难道再想碰见他们一次吗？

“不，”他对自己说，“我应该赶快回家去。”于是，他重新回转身子，穿过拥挤的街道。这一次，他又踹踩了别人的脚，撞痛了别人的臂膀，几乎和别人吵起嘴来。可是一向性格暴躁的他，今天却格外容忍，格外让步；别人骂他一句，他连嘴也不回，便走过去了。他的脚步和心同样轻快，脸上淫溢着一种满足的甜蜜的表情。

出了镇子，他快步往回家的路上跑；迎面走来的人，都以惊奇的眼光看着他。最初他沉默着，在他阔大的胸口里，孕蓄着一种说不出的感情；直到经过那个破旧亭子时，才开始吹起口哨来……

跑到家里，看见老祖母正坐在门口晒太阳，母亲照例在厨房里一语不发地忙碌着，却没有见到虎妹。

“看了龙灯啦？”安隆奶奶张开没有牙齿的嘴，笑着问道。

“看啦……虎妹呢？”

“刚刚还在这里，怕到后门空坪上去啦。”

庚虎跑到空坪上，看见虎妹正从柑园里出来。她手里拿着一支铁签，准备给柑子树捉虫。听到哥哥的声音，她跑出来询问他舞龙灯的情景，但对他回来得这么早，又不胜诧异。

“虎妹，我有话和你说，”他走近一步。

“什么话？”她睁大着疑虑的眼睛，一只手找寻什么撑支物似的，伸向后面攀抓篱笆。在没有说出话来以前，他的脸孔便涨得通红了。以微颤的声音说道：

“今天……我在镇上碰到她啦。”

“她？小金兰？”

“是的，还有金魁婶婶。”

虎妹退后一步，期待地望着他。

“我刚刚踏进饭馆，”他继续着，“听见有人喊我名字，一看，原来是她，小金兰……”

“她喊了你？”

“是的，她，和金魁婶婶一起。金魁婶婶问道，‘庚虎，你只一个人来吗？’我就回答说，‘是的，金魁婶婶，本来虎妹也想来的，不过奶奶人不大好过，怕奶奶老人家冷清，在家里陪她老人家——’……”

他给妹妹报告着自己的遭遇。原来所完全想不起来的话，这时，却自然而然的，不假思索地涌出口来；几乎把在镇上饭馆里给金魁婶婶所说的，重新向妹妹覆述了一道。

“还有呢？”当他覆述完毕时，作妹妹的微笑着问。

“就是这样啦，完啦。”

作哥哥的也笑着，又一次的飞红起脸。

在沉默了片刻之后，兄妹两人重复说起关于小金兰的话来。或许是对于哥哥的幸福，有着过于殷切的期待的缘故，在虎妹的言语里，丝毫没有嫉妒和恶意。她的态度给了他勇气，于是，带着明显的激动，把自己除夕和小金兰在美奂常屋后面竹林边的会晤，也一起向她公开了。

“她还要我告诉给奶奶听哩，”他小孩子似的说。

“不用你告诉，她老人家早就晓得啦。大年夜那晚上，奶奶问了我很多话，问得详细极啦，有些事情真亏她老人家那么心细……。”

“你告诉了吗？”

“是啊，她老人家问着的时候，我一想，横直是瞒不住的，便照实都告诉给她听啦。”

“奶奶怎么说？”他微露焦灼地问。

“奶奶听啦，当初一刻没言语，不过看样子好像也很高兴……你知道啦，奶奶在大年夜总是说吉利话的，后来，她老人家还称赞了小金兰哩，说她人品好，眉目都长得很秀气，又聪明能干……”

“虎妹，你要说真话！”

“不信你问奶奶去，当真是这样说了来的。”

“难道她老人家没有说别的话？”

“没有，”她摇摇头，“说完了话，她老人家便点起香，给你们跪到灶君爷面前去求愿，还吩咐妈妈和我都走开去，奶奶一个人跪在地上，求了很久……”

听到妹妹说这样的话，庚虎的眼睛里立刻变成湿润；他走到篱笆旁边，摘起一根草梗，放在嘴里，轻轻咀嚼着。而在同时，他看见妹妹端梢稍向上翘的眼角边，也业已噙着晶莹的泪光。

二十四

几天之后，村子里抽中服役签号的人，都到镇上镇公所里去报到了。在春五娘小酒店里，这件事情，自然又成为谈笑的新话题。

众人的兴趣，都集中在其中一个名叫牛生的年青人身上，因为他在应征前三个月，才和新娶妇完了婚；看见的人，向大家描述着两口子别离时的景象。

“常言说得好，一夜夫妻百年恩，不说人家两口子圆房不久，年纪又轻，怎舍得分离？牛生走的时候，小媳妇把他上下衣裤都洗得干干净净，打个小小包袱，又炒了一蒲篓盐菜，一直送到美奂常屋过去，还不肯回；别人告诉她，‘牛生嫂嫂，请留步吧，上前线就叫牛生给你通封信来。’她还是不肯回，送了一程又一程，总是情意浓呀。后来是牛生自己开口啦，说，‘你回去吧，屋里没有人看门；开了饷银我就买件衣料给你，封到信里寄给你。把日本鬼子打退啦，我就会回家来的，你放心。'她眼红红的想哭，当着人面，不好意思，只得忍住眼泪说，'那么你慢步，晚上早点睡，千山万水也要想到有个家，到时候就通封信来，家里前门后户你放心。'说着她就一只手把个小小包袱交到他手里，另一只手却扯住了他袖子……"

"你造谣！"女店主春五娘不肯相信。

"真的哪，她扯住他袖子，小声说，'牛生，外面开花野草多，你可要想到香花不结果——'真的，我亲自听见的！"

人们都笑了起来。尤其是说话人压低嗓音学那小媳妇的细腔细调，使人听了心里微微酥痒。

"你们听啦，"说话的又继续道，"牛生接过包袱和盐菜，走啦；新媳妇也就转过身子，可并没有走动，站着。一下子又转过身去，喊，'你慢步呀，'边赶上了他，说，'那件短衫的衣边上，给你缝着一个古钱，是我妈的，穿在身上，百顺百利；洗衣的时候，当心别把它捶破啦。'话吩咐完啦，一只手可又扯住了他袖子……"

又引起一阵哄笑。不过这时大家都知道说的分明是笑话，不相信了。女店主更横着眼，撅起厚厚嘴唇，骂道：

"好会造谣！我知道你是她裤子里的虮虱哩，竟看得那样仔细！"

可是说话的人还要继续下去，说是那个新媳妇回头走了几步，又转过身去望望男人的背影，这样一步一回头，两眼双泪流的走了许久，走到家里，推进房门，看见床上原是挂着的帐子，这时却放下来了，便伸手去重新把它撩起……

“啊哈，不撩犹可，刚一伸手，帐子里面躲着一个精壮汉子，一只豹子似的跳将下来，双手一把把她拦腰抱住——”

“缺德鬼！”一朵干橘皮从柜台里面春五娘手里掷将出来，“这也是你亲眼看见的！你可真是她裤子上的虮虱啦！”

这种谈论，照例不会有什么结果，春五娘决不是一个肯让步的人，她的锋利的嘴巴，是遐迩闻名的；好在歪嘴老八已从里面房里走出来了。从两天前起，他患着重伤风，在床上蒙头睡了几天，喝了好几大碗胡椒茶，还没有见轻；这时听到外面店房里闹得热烘烘的，不甘寂寞，便下床出来凑热闹。他头上顶着一个破旧花缎瓜皮帽，睎眯着眼睛，鼻子里淌着清水，嘴角边拖着涎液，走进柜台里去，在春五娘旁边坐下。

春五娘装做生气样子，伸手要捶他；大家便都笑着，拍着手。不过她并没有当真捶他，看着他那付歪喎起脸准备挨打的神气，便噗哧笑了，说：

“看你病着，老娘饶你这一遭，记在帐上！”

歪嘴老八拖一下舌头，脸上做了一个畏惧的表情，咳嗽着说道：

“呃咳咳……打是疼，骂是爱，你要捶就捶，我老八乖乖的受着！”

“春五娘，你捶他！”人们怂恿着。

女店主当真在歪嘴老八身上轻轻捶了几下，推着他，“你这狗骨头，不捶便发痒了不是！还不给老娘睡去！”

歪嘴老八猫一样的皱起鼻子，睎眯起眼睛，摸着适才被捶过的肩膀，以一种腻腻的声音说道：

“捶得真好，捶得真痛快！浑身骨节都给你乖乖的捶酥啦！”

“狗骨头！给老娘爬到床上睡去！”

但他并不去睡，向她瞥了祈求的一眼，耸耸肩，吐出一口痰沫，咽咽地咽着喉咙，说道：

“别忙！我不去睡！我是特意起来给大家报告好消息的，你们乖乖的听着！”

“你又来啦！”春五娘睥了他一眼。

“是的，又来啦，你们乖乖的听着！”

于是，他诡谲地环顾了众人一下，用手掌抹去鼻子上的清水鼻涕，开始说道：

“乖乖！好消息，真正是好消息！……那一天，你们知道啦，正月十五元宵节，我给店里去办货，兼之去看一看舞龙灯，这叫做一举两便；谁料到龙灯未曾看，倒先看了一出‘烤火落店’好戏！……”

“你又来造谣!”有人打断他。

“乖乖，不是造谣，我老八从来就不造谣，从来就只说真实话！大家别打岔，听我乖乖的说来。那一天，我走到镇上，心里想，别忙，且先寄掉肩上这付箩筐担子，喝这么两三盅老酒再作道理；于是我走进那家马二宝开的小饭馆。乖乖，谁知道事情可真出意外，好戏就在眼前！那个光景，真叫是好戏！花旦当中坐着，老旦一厢侍候，小生站在前面道白……乖乖，端的是一场难得的好戏!”

虽然歪嘴老八用的是一种诙谐不庄的口吻，但人们都相信他在说着一件真事。大家陷入一阵好奇和期待的沉默中。

歪嘴老八继续着：

“乖乖！说时迟，那时快，当初我还以为自己未曾过酒瘾，眼睛昏花啦。不过再仔细看时，羊粪撒雪地，黑白分明！花旦眉清目秀，身穿盘花黑缎棉袄，头梳油光流水辫子，肩垂两朵绸扎红花，乖乖，端的是十分好姿色!”

“那么小生呢?”问话的心里自然明白。

“乖乖，那位小生呀，也是一品人材，生就一双浓黑剪刀眉，一个端正龙胆鼻……”

正说得眉飞色舞，满天星斗时，春五娘在他袖子上机灵的扯了一把，歪嘴老八抬头看见从店门口跨进一个人来，便连忙住了口，咽咽的咽着喉咙。

进来的是金豹。他刚一跨进店门，只听到歪嘴老八后半句话，但从众人表情和店屋里特殊空气上，立刻感悟到了他所说的是那一类事情，便陡地脸红起来。和大家匆匆打着招呼，他并不马上坐下，却打算返身退出。

“老八，说下去呀!”有人特意催促着。

“说下去，”歪嘴老八脸上现出为难的神情，歪斜起嘴巴，支支吾吾地说，“总之，有那么一回事就是啦……总之，我老八说的是真实话就是啦……”

更有人招呼金豹道：

“金豹，坐一坐，听歪嘴老八讲故事呀。”

“那里算什么故事呢，”歪嘴老八略形慌乱的掩饰着，“金豹，你别听信他们乱嚼蛆，我只不过是在说笑话，嘿嘿，没有什么，当真没有什么?”

这样一来，反而使得金豹不知道应该怎样才好了，他的脸孔涨得更红。春五娘看这情形，便立刻从柜台里面端出一张凳子，请金豹就坐；同时，回头向歪嘴老八喝骂道：

“你这狗骨头，鼻子还没有通，就出来吹风啦，还不快给老娘爬上床睡去!”

这一次，他丝毫没有违拗，顺从地假意咳嗽着，做了一个尴尬的表情，站起身来。

二十五

为了一注耕牛买卖的事情，金魁爷到岳家所在地的一个五里外的小村里去了；早饭时分出的门，到午后还没有回来。

父亲不在家，小金兰便感觉到连空气也舒畅得多了，除掉帮母亲料理些杂事，便整天坐在门外石凳上唱歌。她原是唱歌的能手，在心里烦闷的时候，唱歌更是一种发泄。新年刚刚过去，春天便迅速来临。河渠里的水，变得温暖了；岸边的石菖蒲和水蓼草，又复开始现出生气，微微颤动着，仿佛在不住扩展着自己的生命。对岸那株古枫树，光秃的枝椏上，简直没有半张叶子，残留着严冬的零落气息。一只黄褐色的鹳鸡，从一丛枯黄的芦荻里面，匆匆窜出，啄了一通自己的爪子，然后一径跳到水里，迅捷地逆流浮游而去。它那种从容自若的态度，激怒了她，小金兰拣起一块石子，向它掷去，在离它数尺远的地方，激起浪花；但它依然视若无睹似的，在水面上划分开两条漪涟，微微地摇幌着尾部。

收回眼线，小金兰偏着脸，把一边辫子解开了，重新慢慢编织着它。她觉得自己心头烦乱得很。元宵节从镇上回来之后，业已好几天了，可总没有机会再碰到庚虎。母亲虽然有几分心回意转，对于她和庚虎的事情，不再像以前那样固执，那样引为忧虑了，但这也只是由于父亲过分严厉的缘故，只是一种生于母爱的反感；而且，母亲又是一个没有自主意见的人，连她自己也不知道怎样来安排女儿这场可怕的纠葛。小金兰很希望这时能够看见庚虎在对岸古枫树底下出现，给她一个召呼的手势……

但是，没有，他始终没有出现。他到那里去了？有没有忘记那天镇上小饭馆的会晤？想到那场会晤，她又禁忍不住的要笑将出来。他，庚虎，那么一个公牛一样壮健的人，霎时间竟会变得和姑娘似的羞赧了，只是木然地站在桌子边，说些好笑的完全无意义的话；要是这时他就在眼前，她一定要大大的取笑他一番。这样想着时，从她芜杂烦乱的心里，便慢慢地生长出一种隐约的柔情。

于是，她轻轻地，微感陶醉地随口哼唱着一个稍涉猥亵的歌子。歌子的内容，叙述一个大胆的少女，向情人挑情，百般鼓动他大胆撒野；最后，她用自己丰富动人的胸膛作饵，引诱他道：

情哥呵，
大胆伸手决无妨，
石桥走马无记认呀，
水面砍刀也无痕……

她反覆唱着这几句，一连唱了好几遍，还不曾住口。只有在这样唱着时，她的心里才是轻快的；同时，这仿佛是一种对庚虎的未能顺遂的期望的补偿，希望他也能够听见她的歌唱一样。

逐渐地，这种隐约的柔情，变成另一种热切的欲求，于是，她停止自己的哼唱，站起身来……

最初，她踌躇地在河渠旁边徘徊着。时间对她变成紧张而沉重。是初春的阴天，四野非常寂寞，一切生命，仿佛刚从冬眠中苏醒，正准备着一个焕发的机会。屋旁，空坪上，一群斑驳杂色的鸡子，在闲散地觅食。一个邻人，向她打着招呼，走过去了。另一个邻人，却站在自己门口，嘀啰啰地呼唤着鸡群。不知道从什么地方，跑出一只白色小狗，嬉戏似的追逐着鸡子，使得它们全都慌乱不迭了，咯咯地鸣叫着，扑动着翅膀，向四处逃跑，或是笨拙地飞跃着；于是那邻人便大声叱骂着狗，并且拣石子掷击着它……

这一切都和小金兰无关，都使她感到憎恶；她甚至希望全世界的人类，都在霎时间从自己眼前消灭。她慢慢地踱到石拱桥头。她想，如果自己现在一直跑过桥去，跑到他家里去呢？他会在家吗？别人会看见她吗？……在他家里，无论是安隆奶奶，小隆婶婶，或是虎妹，她觉得不要紧，都不必顾忌，因为她们都是好人，都是和她命运相通的人。只是，如果给别人看见呢？……

正在这时，她听见有人喊她；回过头，她看见哥哥金豹从村下首沿河渠走来。

“啊！哥哥！”她快活地喊道，仿佛突然碰到救星。

作哥哥的疑虑地瞥了她一眼。哥哥的脸色很阴沉难看，好像心里压着什么不愉快的事情。

“阿兰，你在这里做什么？”

“不做什么，”她回答，“坐在家里心里发闷，爹又到这时候还没有回来。”

“想到桥那边去吗？”

“不，”她含有深意地微笑着。

“莫到那边去，阿兰；刚才我正从春五娘小酒店里出来，听见大家都在谈论你，好像说，那天元宵节你和妈到镇上去碰见过庚虎……”

“他们怎么谈论我？”

“是的，谈论你……我刚到小酒店里去的时候，歪嘴老八正在讲什么花旦小生，看见我便住了口。狗嘴里吐不出象牙，歪嘴老八嘴里那能有好话！我本想打回头走，不过心想听听看，究竟他说的什么鬼话；春五娘给我端出一张凳，也好，顺水推船，我就坐了一回，后来到底给我听出来啦！”

“他们怎么说？”她问，脸上现出靦覥的表情。

“他们说，元宵节那天，在镇上马二宝小饭馆里，庚虎亲口对妈提了你们的事……”

小金兰带着一种顽皮的心情，偏起脸问道：

“我们什么事？”

“什么事！”金豹大声说道，“扪起耳朵打鼓，好像你自己还不知道似的！人家都在谈论你，说庚虎亲口对妈提了亲，要你嫁给他！”

小金兰的脸孔陡地飞红了。

望着妹妹的神情，在金豹心里，有着一种分辨不清是同情抑是懊恼的情绪。他总觉得妹妹的命运是和自己联系在一起的，听到别人用着轻蔑嬉笑的态度谈论着妹妹，不仅伤害了他作为哥哥的自尊，而且使他感到异常的恚懑了。

作妹妹的低下头来，轻轻地，无意识地挪动着自己的脚，随后，突然抬头反问道：

“他们说，妈答应庚虎了吗？”

“不……他们没有说，”他惶惑地回答。

“那么，哥哥，你以为妈会答应他吗？”

金豹把眼线从她脸上移开，迟疑地回答道，“不过……我相信爸爸是一定不会答应的。”

小金兰眼睛里闪射着希求的光，热切地追问道：

“那么，哥哥，我问你，要是你换作妈，你会不会答应庚虎呢？”

兄妹两人同时脸红了。金豹没有回答她的问题，他窘迫地站着，不安地搓着双手。而小金兰，仿佛业已猜知埋在哥哥心里的秘密似的，脸上浮起一种隐约难测的微笑。即使是他默不作声，她也知道，哥哥是一个可信赖的，善良的人。于是，她向他抬起头来，彼此的眼光在刹那间互相遇合了，几乎是同时，两人噗哧的笑将起来。

在这一刻，兄妹两人之间，觉得有着从来未有的亲近；如果不是因为堤防给别人看见，小金兰简直要一个顽皮小孩似的跳将起来，用胳膊去攀抱哥哥的颈脖了。

二十六

正月尾的一天早晨，安隆奶奶坐在门前，看着孙女虎妹在太阳下拍打萝菔菜籽，不意间在面前出现了金魁爷。

在没有打出招呼来以前，祖孙两人先就怔住了。乡里间左近邻人互相走动，原是十分平常的事情；但由于压在各人心上的隐秘的忧虑，对于金魁爷的光临，不约而同的都发出一种强烈的疑惧。虎妹默默地放下萝菔菜茎，给金魁爷端过一张凳子。

“安隆奶奶，早晨好啊！”金魁爷一边就坐，一边把旱烟管从嘴里抽出，开始说道。

“托福，金魁爷好啊！”安隆奶奶接应着。

在这一瞬间，虎妹不安地退在一边，身子靠门站着，注视着金魁爷那张明显地刻露着微愠的脸孔。而几乎是在同时，从里面厨下门口，也出现了小隆婶婶；她原来在给猪栏里的一对猪仔喂料，听见金魁爷的声音，也便立刻惴惴地出来探视究竟；她手里还捏着一个木勺，双手都淋漓着水漉漉的猪料。

安隆奶奶微张着没有牙齿的嘴，和善地笑着，又回过脸来吩咐虎妹给金魁爷端茶。

“不用端茶，”金魁爷举起手掌抹一把嘴巴，“我只有几句话……只有一点儿小事情，来和你安隆奶奶……真是只有一点儿小事情……庚虎出田去啦？”

“是呀，他到河边割草籽（紫云英）去啦。”

“我今天来，就是为的庚虎一点儿小事情，你安隆奶奶总可知道啦？”

“庚虎的事情？”安隆奶奶畏怯地问。

“是呀，”金魁爷以一种不很顺遂的神情，从虎妹手里接过茶碗，“就是庚虎的事情，总是年青人行为欠点儿检点……”

安隆奶奶没有插嘴；不过在她满是皱纹的脸孔上，立刻显露出不愉快的颜色。虎妹重新退回门边，惴惴地站着。厨下门边的小隆婶婶，一个木偶似的，陷入一阵期待的沉默之中。

金魁爷啜了几口茶，把茶碗顺手放在凳脚边地上，然后轻轻咳嗽着，把旱烟管也靠在凳脚上，搓搓双手，开始以一种低沉的勉强压制愤怒的声调说话。他说，年青人做事总是难免荒唐不经的，每个人都曾经年青过，都有过那个危险时期，所以老年人应该给他们负责，莫让他们闯出祸事来；比方说，他自己的女儿小金兰，平时是自己的“掌上珠”，一向宠爱惯的，不懂人情世故，更不解久长利害，容易受人欺骗，做父母的人不能不顾到她的行动；因为，常言说得好，女人是绑在男人腰带上的，一个姑娘家的命运，全看她嫁的一个怎样的男人……

“是呵，”安隆奶奶完全懂得他的意思了，便插嘴道，“一个姑娘家的终身大事是要紧的啊。”

“你知道啦，安隆奶奶，我家小金兰年纪轻得很，不知天高地厚，经不起别人三言两语，姑娘家的名誉要紧……”

安隆奶奶不耐地截断他的话，问道：

“是呵，姑娘家的名誉很要紧，你金魁爷的意思，是说我们庚虎有什么地方冒犯了小金兰吗？”

“你知道啦，”金魁爷脸色陡地严重起来，“墙墙有耳朵，众人盐酱口，一个姑娘家的名誉十分要紧；我们小金兰开年才二十岁，我是老年得女，不瞒你安隆奶奶，她是我做爷的心头肉，要是万一有什么三长两短，那我今天有言在先，改日莫怪我金魁爷不顾情义！”

安隆奶奶还是陪着笑脸，不过一时答不上话来；站在旁边的虎妹，为这种轻蔑的语调所激动，满脸涨红，突然开口插嘴道：

“你金魁爷是说，我哥哥冒犯了小金兰吗？”

“冒犯！”对她的插嘴，金魁爷显出一付不高兴的神情，愤然说，“你们自己总知道呀，究竟庚虎做了什么事情！常言说，若要人不知，除非己莫为……”

安隆奶奶怔着，没有说话。

金魁爷又从凳脚边摸起旱烟管，捏在手里，却并没有吸它，抖颤着嗓音，大声说：

“我们小金兰是城里姨表哥看上的人，人家是有声名的读书人，可不能让她有半点儿不好听的话！常言说的好，善事不出门，丑事传千里，你们庚虎不要野猫不知自己脸孔花，害了人家终身大事！今天我是看在你安隆奶奶为人好，先来告诉你，可不要在我面前一味儿装聋作哑！”

安隆奶奶气得浑身发颤了，但她一直没有回嘴，只把头低垂着，眼睛里开始汪起泪光。虎妹回头看见母亲小隆婶婶，依然站在那里，捏着木勺，脸孔苍白得如像一张素纸。

于是，她觉得义不容辞地，又复大胆插嘴道：

“金魁爷，请你不要生气，你看我奶奶没回你半句话，只明白说我哥哥怎样害了小金兰大事？”

金魁爷把未曾上烟的烟管往嘴里吸了几下，山羊胡子剧烈地抖动着，简直恚愤得不能自制了。

“怎么害了我们小金兰大事！我告诉你，安隆奶奶，庚虎是你的孙儿，小金兰是我的女儿，今天我们彼此打开天窗说亮话，鸡归鸡，鸭归鸭，你安隆奶奶也应该知道自己的来龙去脉，麻雀不要跟雁飞，矮人不要空心高，你要教调教调庚虎，再不把心放明白些，改日可怪不得我金魁爷不讲情义!”

于是，他愤愤地站起身来，一路喃喃不绝的走了。因为气愤的缘故，不小心把凳脚边地上的茶碗踢破了，裂成两半，剩着的茶水泼满一地……

啊，这是一场怎样的羞辱！最初，不幸的一家完全怔着，半晌说不出话。安隆奶奶目送着金魁爷慢慢远去，眼睛里的泪水渗出眼角，沿着洼陷的两颊流下。小隆婶婶的木勺失手跌在地上，猪料狼藉一片；她的嘴唇颤栗着，眼睛定定的，仿佛在突然之间失掉了知觉。虎妹的脸孔重新转成铁青，觉得一个家庭的尊严，哥哥的幸福，连同自己的希望，一齐陡地失踪了。她竭力忍住眼泪，想从脑子里搜索一些言语，来安慰遭受突然而来的打击后的，可怜的老祖母和母亲。她的双手互相紧握着，牙齿咬着下唇，胸口仿佛给一个巨大的拳头蓦地一击似的，发着酸麻；终于，她的眼睛逐渐变成朦胧不清，两颗眼泪，同时迸涌出来，迅速从面颊渗下，沉重地滴落在剧烈起伏着的胸前……

二十七

初春的原野，充满着生命的气息。河渠旁边，草类开始发生嫩绿。杨柳枝梢，也业已缀着细小的黄芽，田塍上的蝴蝶花，首先绽出钟状的蓝花；而铺满着田畦间。作为春天最热闹的点缀的，则是开放着紫红花朵的紫云英。

农夫们也踩着解冻后逐渐转暖的泥土，背着锄头，出田活动。麦苗随风成浪，禽鸟们飞舞欢唱。雨水和春分边的气候，冬季的寒冽过去了，太阳的热力，给人一种温暖舒适的感觉。耕牛还不到出栏的时候，牧童们在河边放着风筝。正是历书上所载“蛰虫始振”和“草木萌动”的季节。

庚虎在田间割着紫云英。这种开着伞形紫红花和结着黑色小荚子的作物，原是在刈稻之后，撒播着作肥料的；春耕前刚开过花，便把它埋在土里，让它腐烂了，来营养大熟。不过猪料缺乏的人家，却把它割回家来喂猪。这时正好是开始怒花的时候，茎子十分脆嫩，弯刀割着时，刷刷作响。很快的，两个长纽畚箕便给装满了。

踩着温暖微湿的泥土，有着一种异样的感觉。庚虎把长纽畚箕塞得非常紧实，吹着口哨，把弯刀插在畚箕纽里，挑着回家。

扁担一放上肩，觉得非常轻松得劲。他一面走路，一面轻轻哼唱着一个流行的情歌：

郎哥儿呀，
好比那，日初上山，
俏妹妹荷花初开，
嗳唷——
莫待日落花凋谢……

田陇间别的年青农夫，便老远地和他应和着，互相抛掷着嬉谑，一种由季节所唤起的甜腻腻的情绪，充满着心胸……

回到家里，把紫云英担子放在门口，嘴里还在轻轻哼唱着。但立刻，他发现家里的空气有几分异样，猛地被袭击于不幸的预感，他站着，望着老祖母和妹妹忧戚的脸孔，一颗心便突突地撞跳起来。

“奶奶……”他不安地喊道。

“庚虎，”老祖母揩着脸上的泪痕，“你回来啦，割来这样满的一担草籽！”

“这碗怎么破啦?”他踢着凳脚边碗的破片。

“是啊，刚才奶奶一个不小心，把个上好的茶碗跌破啦，”说着，老祖母便走到门口，俯身把破片拾起。“还好，还补得起，改日来了补碗的人，补上几个钉子……”

庚虎心里明白，家里一定遭遇到什么蹊跷了，老祖母这种故意掩饰的态度，更引起他的疑虑；当安隆奶奶转身时，便问妹妹道：

“虎妹，什么人来过吗?”

“金魁爷，”虎妹抬起微微发红的眼睛。

庚虎的脸色立刻变了。刹那间，他清楚了事情的全部；如像一宗巨大的灾祸，应着记忆中的预兆，突然横在他眼前了。一种震撼全身的颤栗，闪电一般迅速通过，他一只手扶着门，紧紧咬着牙根，默不言语。

双手各拿着一片破碗的安隆奶奶，回过头来，对孙女投了谴责的一瞥，自言自语道：

“只一个不小心，把个上好的茶碗跌破啦，真是可惜……金魁爷，刚才他来说，今年河渠里还要筑一道坝，他就是为这件事情来的……唉，可惜一个上好的茶碗！”

听见老祖母的说话，虎妹的眼睛更红了，又将滴出眼泪来。她向哥哥看了一眼，站起身，往里面屋子里走。

庚虎心里明白老祖母说的是谎话，便尾随着妹妹，走进屋去……

“虎妹，”安隆奶奶在后面大声喊着，“你到那里去啦？箩菔种丢在地上，还不来把它拍打干净，当心会给鸡啄完啦！”

听不见答应，老人便拿着破碗，慌急地蹒跚跟随进去，一边依然喊着孙女。穿过厨下，她看见庚虎业已跨出后门，直向小空坪柑园那边走。

安隆奶奶在后面追赶过去，喊着：

“虎妹！人呢？……你到那里去啦？”

在柑园篱笆旁边，做老祖母的找到庚虎兄妹，虎妹的一只脚跨进矮矮的篱笆门去了，哥哥把她喊住，正逼着要她说出金魁爷真正的来意，安隆奶奶业已赶到，岔开他们道：

“你们到柑园里来做什么呀？虎妹，快拍打萝菔种去！庚虎，你呢，拿把菜刀切草籽去！”

待庚虎倖倖地转身大脚步回屋去，作祖母的从后面扯一把孙女的衣角，低声严厉地吩咐她道：

“你发的什么疯！叫他到这里来做什么，你这说话不知轻重的，不要你再多嘴！”

但是白当心事！年青人的敏感，早已把金魁爷的真正来意告诉他了。庚虎默默的架起大剁板，拿出菜刀，把紫云英倒将出来，开始切着。他的心里，压着无法排解的重负；而老祖母的体贴入微，更使他怀着一种几乎要哭出来的情绪。

虎妹也重新坐到门槛上，拍打着干燥的萝菔种；把细小的紫黑色的粒籽，盛在一个扁扁的箩箕里。

安隆奶奶放掉了破碗的碎片，这时也坐到门槛上来，帮着孙女拍打种子，并且不住的唠叨着，企图缓和僵硬不快的空气。

“呐，多壮的萝菔种！往年我总要多留它几株，在檐头上多挂几天，别人来讨种子，一个人给他一包，大家欢喜！今年可不多啦，不过也还够送十家八家的；常言说得好，洗儿要盆，种子要分呀！”

“奶奶，那一大包苋菜种呢？”虎妹特意地问道。

“我把它放在灶君爷的庙堂里啦，让它烘烘干，多受点儿灶君爷的热气，将来种在地里，粒粒成材成器！”

几只公鸡和母鸡，从屋后巡逻过来，这时站在一边，咯咯乞食。安隆奶奶嘀嘘着，把它们赶开去，告诉它们，这是种子，可万万吃不得；但其中一只刚从母鸡背上爬下来的高冠公鸡，执拗地要重新上来。安隆奶奶指着它骂道：

“就是你这只不安分的×公鸡，等到庚虎生日，我宰了你供神，看你还安分不！”

“奶奶，哥哥几时生日呀？”

“亏你连哥哥的生日也记不住，”老祖母假装生气地回答，“还好意思问我！怕你连奶奶的生日也忘记啦？”

“没有忘记，可不是五月二十四!”

“庚虎是三月初六，戊子日生的，天下没有穷戊子，鸡冠寺那个麻脸瞎子，说哥哥管千石的好命哩。”

外面正在这样说着时，刚刚喂完猪的小隆婶婶，一个人躲在牛栏间里流眼泪。最初，她拉起满是污渍的围裙，一次一次的揩着眼睛。霎时间，在她脑子里复活起自己生命中全部悲惨的过去，眼泪愈涌愈多，简直成为无节制的泛滥；她索性不再去揩它，让它沾湿了胸前的一大片。

二十八

为了要在春耕前买一头牛，庚虎一清早便挑着两只猪，到镇上去赶猪市。如果猪卖得起价，便可以凑成一笔钱，找牛经纪买一头勉强背得起犁的小黄牛。

在一个小户农家，猪和牛的买卖，都是一件大事。庚虎把两只猪装到猪笼里挑走了，给家里丢下一种黯然的神情。尤其是小隆婶婶，猪是自己一木勺一木勺地用麦粥和杂料喂养大的，如像常言所说，“若要猪肥，木勺柄子磨细，”她怎么也舍不得挑到市上去出卖。虎妹安慰母亲说，要是牛价轻，庚虎一定还会买只小猪回来；因为对一个农家，牛自然难缺，猪也十分要紧，没有猪粪作肥料，稻禾便不能成长。

“真是一对好猪啊，”沉默的小隆婶婶，汪着眼泪，叹息着。

“虎儿妈妈，”安隆奶奶也来安慰她，“改天你捉几只大母鸡，到镇上先去换一只小猪仔回来，不要愁，三个月之后，猪长了斤两，再换它两只小猪仔。到时候，猪有啦，牛也有啦，该好叫你喜欢啦！”

说到捉鸡去换小猪，安隆奶奶看着地上几只母鸡，表情里充满着怜惜和爱抚。鸡是去年秋天孵出的小鸡，如今都长大了，公鸡昂头啼唱，母鸡不绝生蛋，成为一汪不小的出息。作老祖母的对鸡原有一种隐秘的打算，她把每年出卖鸡蛋的钱积存起来，准备用到孙儿孙女的喜庆事情上去。

虎妹恶作剧，捉住了一只孵伏期的麻花母鸡，在她尾巴上缚着一根贴有红纸条条的棒子，然后把它放掉。昏迷未醒的母鸡，隐约看见后面的红纸条条，受着惊吓，便慌急地向后门狂奔出去。

这景象把一家人都逗笑了。老祖母疼爱鸡，不同意这种恶作剧，要虎妹把它捉回来，解除它的刑罚。

“谁叫它三天两天的孵伏？我要吓醒它！”虎妹拍着手笑。

“够啦，醒啦，你快去捉它回来！”

“它自己会回来的，不用捉。”

“当心吓破它的胆，你快去捉回来，省得逃到田里去喂黄鼠狼！”

听从着老祖母的吩咐，虎妹笑着从后门追出去。那只麻花大母鸡，这时正在柑园篱笆旁边，团团转兜圈子，看见人来，便又飞快的跑了开去。它一直穿过篱笆，从柑园向田野狂奔。虎妹追逐不舍，嘴里还是笑着喊道：

“你这只蠢鸡！今天吓死你，追死你！”

母鸡从田里又飞上道路，往村子里跑，正转过一个屋角。虎妹在后面追赶，也要转过屋角去。忽地听见母鸡发出一阵急促的咯咯惊叫，自己险些儿和一个迎面而来的人撞个满怀。

“虎妹！”那个人拦住她的路。

她猛一抬头，看见来人正是金豹，霎时间不知如何是好，涨红脸站着，惊惧地望着他同样变得通红的脸孔。

“你……你做什么？”她嗫嚅着。

“我来找你，刚才我还站在你家柑园旁边……我有话问你！”

“你？有话？”她前后顾盼着，浑身发抖，神志完全迷乱了。

“是的，”他说，“我有话问你……我要你告诉我，这些天来，你为什么总是避着我？”

“我？避着你？”

“是的，你避着我，你怕和我见面！我找你好几次，都找不到你；有时找到啦，你可又避着我！”

“你……快放开我！快让我走！”

“为什么？”他伸手拦阻她。

她向后退缩着，把身子靠在墙上，仿佛不这样便会晕倒。

“我不要听你的话!”她说,“求求你,快让我走!当心给别人……你知道你爹来过啦!”

“是的,就是为了这事;你说,我爹到你家里说了些什么话?”

“什么话!他叫我奶奶不要麻雀跟雁飞,不要野猫不知自己脸孔花!求求你不要再来找我,鸡归鸡,鸭归鸭,我们是穷人,你知道我奶奶很可怜,别把她老人家活活逼死,金豹,你做做好事!……”

“可是虎妹,你听我说……”他窘急地开始。

“我不要听你的话,快让我走!”

凭着一股陡起的勇气,不顾一切,她向前冲撞过去。金豹茫然让开道路。怔怔的望着她的背影,半晌没有移动脚步。在这一刻,他觉得自己的呼吸快要停顿,胸口急遽起伏,世界突然间从自己眼前崩坍了……

金豹的找寻虎妹,是下了很大的决心的。两天前,金魁爷从春五娘小酒店里听到关于小金兰的闲话,回家来和金魁婶婶大闹了一场,把桌上的茶壶灯盏,全给摔破了,直骂个整晚通宵,申言要将金魁婶婶母女两人一齐赶出门去。在老头子盛怒之下,金魁婶婶照例不敢回嘴。小金兰最初还敢对父亲顶撞几句,不过看见父亲的严重神情,也便住了口,躲到屋里去流眼泪。只有金豹敢于给母亲和妹妹作着辩护，向父亲委婉地说明着，这些闲话都是歪嘴老八的造谣生事，不可轻信。但他的说话，对固执的老头子不仅毫无效用，反而火上添油，越益激起金魁爷的愤怒，把全家都卷入一阵可怕的暴风雨中，失却原来的秩序和平静。

翌晨，因为前一晚的失掉睡眠，打破一个农家的习惯，大家都起身得较晏。金魁婶婶依然忙碌于早餐的安排，还要料理猪食。金豹把牛牵到屋边空坪上晒太阳，给它喂着干稻草。只有小金兰，由于气愧交加，一直不肯起床；父亲的责备太伤害到她的自尊了，现在她就以一个女孩子的爱娇作武器，来战胜父亲老年的固执。

可是金魁爷带着一种非常难看的脸色，一下床便出门去。他虽然没有说明自己的去处，不过一家人都知道，他这是到安隆奶奶家使性子去了。

一听到父亲上安隆奶奶家去，小金兰立刻从床上起来。她急急找到哥哥金豹，两人推测着父亲这种举动所能引起的结果。

不消说，小金兰的心不仅不安，而且更陷于极度的痛苦之中了。她尤其担心父亲会碰上庚虎。父亲的倔强性格，她是十分了解的；而庚虎，也不是一个能忍受屈辱的人。如果两人因此惹起严重的冲突，将会有怎样可怕的事情发生呢？

这种忧虑，直等到金魁爷重新回家，才告解除。从父亲的唠叨里，知道庚虎幸而出田去了，并没有遭遇到屈辱。但立刻，另一种忧虑又把小金兰擒住了。她料想得到，庚虎既然没有在家，那么承受这场屈辱的人，一定是老祖母安隆奶奶。想到那和善的老人，她的心简直抖颤起来了，因为去年除夕的印象，立刻在她记忆里复活过来。她仿佛看见在父亲不顾情面，也不留余地的骂詈之下，纯良的安隆奶奶怎样脸孔苍白，浑身颤震的忍受……甚至她也看见她衰老多皱的面颊上的眼泪……

她坐卧不安地要想知道，父亲究竟在安隆奶奶家造成一个怎样不愉快的场面；几次的，她打算冒险亲自跑到那个寒伧不幸的家庭里去，跪在善良的安隆奶奶前面祈求饶恕。她觉得自己之所以要这样做，并不完全因为安隆奶奶是庚虎的祖母，更重要的，而是对于父亲的行为所强烈地感到的一种羞耻。

哥哥金豹阻止她这样做，他答应她，他一定可以把她所想要知道的事情告诉她。这种义侠行为，他心里明白，决不是单单为了妹妹的缘故，而是同时也为了自己。

他想，他可以用一种坦白忏悔的心情，向庚虎去询问这件事情的真相。他在河渠旁边徘徊着，找寻一个遭遇庚虎并且和他说话的机会。今天，他又到安隆奶奶家的附近去，决定借口去找他一次；心想只要庚虎在家里，一定可以把他呼唤出来谈一次话的。后来知道庚虎业已到镇上去了，便等待着一个和虎妹碰面的机会。

像奇迹一样，金豹和虎妹的关系，竟能在村子里保持着秘密。他知道她在逃避自己，知道她逃避自己的理由。为了这，他感到很大的痛苦。并不是他没有勇气来消除自己的痛苦，不过因为妹妹和庚虎的事情业已成为公开的症结，所以他便暂时退后一步，先看看他们的结果。他关心他们，有时竟超过关心自己。他愿意他们的试验能够成功，同时让他们预先开拓一条坦途。不管目前如何疏远，但在自己和虎妹之间，显然地业已存在着一个共同的命运的连索……

但现在，他和她谈过话了，他从她的说话里得到什么呢？

他镇静着自己，缓步走着；他的脑子里空空洞洞的，只觉得一切都完了，她连他话也不愿意听便跑开去了，自己业已成为一个被摈弃的人，一下子跌入绝望的深渊里了。

他原是有很多话要对她说的。他原是要告诉她，父亲的态度并不就是自己的态度；和妹妹小金兰一样，他是站在她们安隆奶奶家这边的。妹妹小金兰爱着庚虎，自己爱着虎妹，这是业已决定不移的事情，父亲的态度绝对不能成为他们的阻碍。小金兰和他都知道安隆奶奶是一个善心的人，他们兄妹两人是宁愿跪在安隆奶奶面前祈求饶恕的……

……可是这一切话都没有说出，虎妹连他的话也不愿意听，便不顾一切的跑开了……一切都完了，彼此之间命运的连索业已断绝了！……

他茫然地，失掉自主地走着。在过石拱桥时，甚至对面赶来一条大水牯也没有注意到，险些儿给蓦地撞挤到桥下去。

二十九

黄昏时分，庚虎吹着口哨，挑着一双空猪笼回家。

今天他很满意，猪价特别卖得挺，预算起来，买条小黄牛是不成问题的了；在后猪市里出来后，曾经找到过一个牛经纪，说妥下一次再去镇上赶牛市。

一路上，他怀着轻快的心情，盘算着买进黄牛后的种种打算。对于一个农民，真如像常言所说的，“有牛才有家”。有了自己的牛，就不必再依赖别人，和别人去拼喂了；他，庚虎，如今也一样的可以牵着牛，在村前村后走路，等到清明节，也要吹着杨柳笛子，上凤栖山去“抢青”。村子里人，将会用着怎样的眼光来评论自己呢？在村子里，自己是一个多少代来受着陵辱的异性人家；但如今，不是也竟然养起耕牛来了吗？

他又想到，有着耕牛，接着便应该设法添田增地了。自然，这是更其不容易的事情。在如今的年代，农家是很少把田地往外抛的了；何况自己是受歧视的异性人家，按照一般习惯，卖田抛地，是有着先亲后疏的规矩的，那里有机会轮到他家里来？不过事在人为，只要年成好，运道好，叫化也有皇帝命，慢慢安分守己的成家立业，总会有达到目的的一天……

回到家里，把卖猪所得的钱全数交给老祖母，又把在镇上的经过告诉她，说下一市便可以牵一条小黄牛回家来了。安隆奶奶听了也很高兴，拉开没有牙齿的嘴，慈祥地笑着，说着快活的吉利话。因为猪出栏变得空闲了的小隆婶婶，也默默地露出笑容。

点燃起柏油灯吃晚饭时，安隆奶奶最为愉快。她把一小碗拌猪油的萝菔酸菜，推到庚虎面前，说明这是特地给他一人吃的；不过她又挟了一筷塞到小隆婶婶碗里，说道：

“虎儿妈妈，你也该吃一筷，猪是你捏木勺柄喂大的，你也有一份功劳！”

“奶奶也该吃一筷，”庚虎冷不防地给老祖母挟了一筷。

“我不吃！我这是无功受禄，不应该轮到我！虎妹也应该吃一筷，切草籽煮猪食都是你的事情！”

在这样为了出卖猪的事情论功行赏时，整个家庭充满着喜悦祥和的空气。但是，庚虎却在妹妹的脸色上看出什么来了，他总觉得妹妹的举止言笑，都显得不很自然；在他心里，立刻掠过一个不愉快的暗影。

饭后，为了节省灯油，大家很早便睡了。庚虎几次想探问妹妹的心事，都没有机会。他怏怏上床，却总是睡不着。他的床放在猪栏屋，平日在猪的唔唔声里，很快的便呼呼入睡。今天，猪没有了，原是狭小低矮的屋子，显得空阔些，也寂寞些。他躺在床上，苦苦揣想着妹妹所可能遭遇到的不幸。隔壁老祖母发出断断续续的梦呓，虎妹便轻声呼唤着老祖母，接着她自己发出转侧的声音。庚虎知道妹妹没有睡着，一定也为她所遭遇的不幸而烦恼着了。但她能遭遇到什么不幸？或许她所烦恼着的，便是他的事情。于是，他立刻想到前一天早晨的情景，他知道那一定是和小金兰有关的，一定是金魁爷曾经对老祖母掷下了新的陵辱。……

月亮从用破斗笠遮蔽着的窗口里流泻进来，依稀照明了屋子里的一切。庚虎很少经验到失眠之夜的痛苦。一个农民，在一整天的勤劳之后，造物主便为他安排好一场甜蜜无梦的睡眠。这种享受，应该是农民所特有的。可是这天晚上，庚虎却失掉了它，他感觉到空气的热度骤地增加，情绪变换得非常迅速，无法控制。最后，为了平静自己的激动，他下床来，披起衣服，站在窗口，向外面眺望着，同时贪婪地呼吸着和月光同时水一般溢泻进来的寒夜的冷气。

原野上被蒙着一层梦幻似的朦胧，在月光之下，一切都显得愁惨恍惚。凤栖山如像一个庞大怪兽，匍匐在大地上，投着巨幅阴森的黯影。田陇，土墩，和丛林，阴郁而宁静，仿佛沉入睡眠之中，成为凝聚着的浓雾一样的松滞，使人怀疑到只要一阵风，便可以把它们轻轻吹散……

忽然，庚虎看到一个影子在屋后柑园的篱笆边一闪，然后迅速向空坪上移动。他的心立刻剧烈地跳动起来。被一种奇异的预感所侵袭，他神情紧张地注视着那影子，全身的血液陡地凝结住了，连呼吸也顿告停息。突然地，他回过身子，轻捷地离开房子，直奔向后门。他站着，倾听一下自己的行动有没有惊醒旁人，随即慌乱地抽开了门闩。

走出后门，他定着神，左右环顾着，并没有发现那影子。他微微颤栗地向空坪走去。月亮刚好被一片乌云遮没，大地蓦地镀上一层阴黯。在一株乌桕树下，一个人靠篱笆边站着。

“是你……阿兰？”他很快的走近去。

没有回答，她双手紧紧扶着树干，仿佛堤防着自己会晕倒下去。当他走近她时，月光重新出现，她看见一张苍白得有如死人的脸孔。

“阿兰……你……”

“怎么？”她困难地说道，“庚虎，你怎么知道……”

“我在窗口看见你，我知道一定是你……阿兰，你怎么这样发抖？”

他抓住她的手。她，小金兰，头发蓬乱，辫子几乎完全散了，披在两边肩上；四肢发着颤栗，牙齿好像响板一样的格格打战。她睁大着恐怖的眼睛，呼吸急促，嘴唇也剧烈地震抖着。

“我……怕……”她颤颤的说。

“不要怕，”他把她拉到自己身边，“阿兰，你出来……为什么……”

她顺从地，鸟儿似的偎依着他，把脸孔贴着他的胸口，却依然颤栗不已；他用自己的双臂紧紧围护着她。

“庚虎，”她抬起眼睛，“你可知道……我爹他……你告诉我……”

“你爹？”

“是呵，我爹他……前天早晨……”

“他到我家来啦，”他猜测着。

“是呵，他到你家来……他究竟说了些什么话……你告诉我，庚虎……”

“前天我一早就出田去啦，阿兰。”

“那么，庚虎，我爹他和安隆奶奶……你可知道，我爹他和你奶奶究竟说了些什么话？”

“我不知道呵，阿兰！”

她的恐怖还没有过去，浑身的颤抖稍稍恢复，这时便迟疑地注视着他，一只手把自己的长发甩到肩背后面去。月光把两人的影子，投在柑园的篱笆上。

“你要告诉我，”她重新开始，“庚虎，莫瞒着我，今天我哥哥碰到虎妹啦，她是听见我爹的话的，一定会告诉你……”

“她没有——奶奶不让她告诉我，阿兰。”

“庚虎，你说的可是真话？”她仰起脸来。

“我不会瞒着你的，阿兰……今天我到镇上卖猪去啦，回来吃晚饭时看见虎妹神色不好，我心里就想……”

“想什么，庚虎？”她急切地问。

“我想到我们的事情，”他轻轻抚摸着她冰冷的长发，“我知道一定是为了我们的事情……”

“你就等着我来？”

“没有，阿兰，”他如实地说，“我想不到你会来，我只是心里不好过，睡不着，浑身发热，这才爬起床来，站到窗口边，我看见一个影子一闪……”

“你以为是什么人？”

“我就想到一定是你，阿兰……这样深更半夜，你怎么敢出来……你看你还赤着一双脚！”

她低下头来，为自己的模样微微感到羞赧了，便轻轻移动着给草尖和野刺戳破了的脚板。

“庚虎，我也睡不着，心里难受极啦，我一定要亲自来找你一回，问问你看……你摸摸我这颗心，”她把他的手拉到自己尚在砰然跳动起伏的胸口；即使是在月光之下，也可以看出她的脸孔业已转红。

“是的，心还在跳，阿兰！”他说。

“这一回我已经好过多啦，要是找不到你，今天晚上我准会跳河死的，庚虎！”

他的手掌迅速扪住了她的嘴，更紧地搂抱着她。

“莫说这种丧气话，阿兰，我想我们总会有办法的，只要两人不要变心……”

“我只怕你心里不稳，庚虎！”

“我不会不稳！说老实话，阿兰，要是你爹央个媒人把你定到城里去，你便怎样？”

“我怎样？我只有这一条命，庚虎！”她的眼睛里迸出眼泪，声音重又发颤。

在这霎时，庚虎激动得说不出话；在他农民朴质的心里，充满着感激和眼泪。他抬头望了一眼天上弯刀形的月亮，眼眶开始湿润。

春夜的寒气水似的拨涌过来，仿佛可以听到露水降落的声音。月亮又一次的被云尘所掩没。一阵夜风拂过，两人同时打了一个寒颤。柑园里嗦嗦发响，大概是觅食的田鼠，正从去冬的枯叶间钻行……

“阿兰，你快回去，当心着凉。”

“好，”她双手抓着他的衣襟，“你也快回去，你看你连纽扣也没有扣齐……”

“不，我送你去。”

“不要送，我自己会走，你快回去!”

两人分开。小金兰大胆而迅捷地沿柑园向田野走去，朦胧的月光在地上投着一个模糊的影子。庚虎怔怔地站着，直到看不见她的背影，依然恍惚如在梦幻之中。

三十

小金兰迅速地穿过田野，走上通往美奂常屋的道路。她的身子虽然微微颤栗，心里却业已安定得多了。她镇静而大胆地走着，跨着急步。

美奂常屋后面的竹林，在月夜的微明里，显得格外阴森可怖。大地上的一切，都带着暧昧的睡意，呈显着一种模糊的，哀愁的颜色。远处，天和地相接的地方，仿佛被覆盖着一幅灰淡的帐幕。月亮在铅白色的天壁上冉冉移行，一时窜入云丛，使原野蓦地陷入一阵阴黯；霎时又复出现。空中传来依稀隐约的夜鸟声，以及河边水车的永恒不息的旋转声……

如像一个梦游者，她经过分岔路口，直向石拱桥走。她开始感到深夜寒气的袭击，颤抖着，发出细微的嘶嘶声。

刚刚走近桥头，突然听见一声短促的叫唤：

“阿兰！”

她猛地吃了一惊，全身肌肉一阵麻颤，恐怖地向四周作了窘急的一瞥。第二声叫唤又听见了。在月光之下，她看到一边河岸上，在一株低矮的冬青树下，站着一个人。

“哥哥！”她完全怔住了，声音颤震而奇异。

“阿兰……是你……”

“怎么……哥哥……你出来做什么？”

金豹离开冬青树，向她走来。他的衣服散乱，也赤着脚，身子微微发颤。

“阿兰，你刚才……你到庚虎家来？”

“是的，哥哥，”她勇敢地回答，“我刚才……可是，哥哥，你出来做什么？”

金豹走近她，靠着她，用一种充满怜恤的眼光看着她，说：

“我出来做什么？……我睡不着，出来走走……不为什么……”

“哥哥！”她不信任地抗议道。

“阿兰，你不要管我！你知道我心里不好过，躺在床上，再也睡不着……想不到……”

“我也想不到，哥哥！”

“你也想不到会在这里碰见我，是不是？刚才我看见一个人影从安隆奶奶家的柑园旁边转出来，我想不到是你，还以为是——”

“是谁，哥哥?”

“是虎妹，”他如实地说，把眼睛从她身上移开。

“虎妹?为什么你会以为是虎妹?哥哥，白天你碰到虎妹，和她说了什么话来?”

“没有什么话，她不要听我的话!”

“是的，你告诉我啦，她不要听你的话。哥哥，你说，你喜欢她吗?”

“谁?”

“虎妹!哥哥，说真话，你喜欢她吗?”

没有回答。金豹仰脸看望天上的月亮，这时它正从一窠云丛里窜将出来，重新给大地镀上一层银辉。

“阿兰，我陪你回去，”他说的是一种严厉的命令的口吻。

她看了他一眼，便默默地顺从地走上石拱桥；作哥哥的跟在她后面，月光为他们兄妹拖下两个影子。

桥下面，河水发出嚯嚯的流动声。月亮和星星的影子，反映在河面上，若有若无，给人一种梦昧的感觉。在不远的地方，有鹭鸶鸟的丫丫鸣叫。

走到屋边时，小金兰回过头来，问道：

“哥哥，你还要过桥去吗?”

“不……快进门睡去，当心着凉，手脚放轻松些，别把妈惊醒啦。”

走进虚掩着的边门，小金兰在黑暗中摸索着。她听见哥哥直到后面牛栏屋里去了，自己也便摸进了房门。当她轻轻掀开帐子，准备爬上床去时，听见母亲转了一下侧，迷迷胡胡地叫唤道：

“阿兰……”

“妈，你醒啦？”她答应着。

“怎么？你起来做什么？”

“晚上喝多了茶，妈。”

小金兰迅速脱去衣服，睡进被窠去，她的身子依然在打战。

“怎么？”金魁婶婶碰到女儿的身子，“你浑身冰冷……你在发抖，阿兰？”

“冷，妈。”

“你起来做什么，阿兰？”

“妈，我不是告诉你啦，晚上喝多了茶。”

金魁婶婶没有再询问下去，却许久未曾入睡。小金兰惴惴地躺着，不敢动弹和出声。直到母亲细微的鼾声重新起来，才深深透过一口气；而在同时，眼泪也不可遏止的从眼眶边突然涌将出来……

三十一

春分前后，燕子开始在原野上出现。它们在檐口边往返巡逻着，匆促地寻找着旧巢和新居；它们的呢喃声，给大地带来了南方的温暖，增添着春天的气息。宇宙间因了这些应时的来客，蓦地变得热闹而有生趣。

燕子是势利的，但又是吉庆的鸟儿。大清早，安隆奶奶发现两只燕子在自己檐口边站住，便禁不住欢喜的吩咐孙儿道：

“庚虎，你快背梯子来，给燕子宝宝打过一个窠基！你看，去年的窠基一直没有燕子宝宝来筑窠，已经坏啦。绳子都散啦，今年得给好好再打过一个！”

于是，她自己便匆匆忙忙到厨下去量了一杯米，和上清水，来款待难得的客人；把清水米放在一张凳子上，向喳吱呢喃的燕子招招手道：

“燕子宝宝，你们可饿啦，渴啦，先来吃儿颗米，等庚虎把窠基打好，做个两头翘元宝窠，招财招喜！”

精灵而大胆的燕子，看见老主人用清水米款待它们，便道着喜悦，飞到凳子上来，啄食着杯子里的米。安隆奶奶以一种充满深情的眼光看着它们，不住的说着吉庆话，怕得罪燕子宝宝。

庚虎背来梯子，在屋檐上钉起几根竹梢，再用稻草绳子把它编成手掌大一块窠基，让燕子在上面筑窠。当他这样做着时，凳子上的燕子，便偏起头，从旁端详着。很快的，庚虎把窠基编好了，安隆奶奶对燕子说道：

“燕子宝宝，窠基打好啦，你们就在我家做个元宝窠，养一窠小宝宝，早早晚晚报喜音，今年迟些去，明年早些来，给你高厅大屋住！”

燕子喳吱鸣叫，果然双双飞到檐下窠基上，用嘴轻轻啄着稻草绳子，仿佛在试着窠基是否牢固；然后又复喳喳吱吱地鸣叫一番，表示满意和感激，于是双双飞将出去。

安隆奶奶收拾起凳子和杯子，高高兴兴的说：

“好啦，燕子宝宝出去采梁办柱去啦，回来兴工造屋，给我们庚虎和虎妹招财招喜！”

小隆婶婶也很喜欢，脸上浮现着笑容，好像从生命里重新获得希望和鼓舞。庚虎兄妹两人，各自怀着不同的冀希，对于燕子的来临和老祖母的祝福，感到一种说不出的激动。

第二天是赶市集的日子，庚虎到镇上去买小黄牛。经过一天的辛劳，燕子业已在窠基上筑起一层墙脚。安隆奶奶非常高兴，说这是吉喜的兆头，一定可以买到一条好黄牛，还特意点了几根香，拜谢天地神明，许下小小誓愿。

在去镇上的路上，庚虎满怀兴奋，觉得如今自己是去举办一件大事。他轻快地走着，吹着嘹亮的口哨。

原野上业已是一片青苍。河渠两边，杨柳绿了，在微风里轻轻荡动。紫云英的花朵，开得正旺，和在微风中微微推涌的麦浪相间隔，如像一片斑驳的绵绣。田塍上的桃花和李子花，红白错杂。燕子成群结队地在低空飞掠，采捕着水泥和食物，呢喃不绝。凤栖山换上春装，这时满山林木，仿佛是一座大地的蓊郁屏帐，成为万鸟们的福地。道路两边，蛇含草和蓬叶草都开始蔓延开花。空气里充满着泥土的气息。

到了镇上，庚虎一直往牛市走。牛市在镇外一条大河堤岸上，一些水牯和黄牛，都聚在杨柳树下；卖主蹲在自己牛旁边，吸着烟，等待牛经纪和买主的来临。庚虎怀着一种揉合喜悦和惊惧的情绪，走到堤岸上去。当他在牛群中穿行着时，他变得羞赧而胆怯，不自主的涨红起脸，微微感到手脚失措了。他端详着每一条牛，摸摸它们的脚踝，拍拍它们的肉峰，拉拉它们的尾巴，说着赞美的话。在他眼里，每一条牛都很可爱，都是好的。

想到在这群牛中，马上就有一条将为自己所有，便突突的心跳起来。

终于，他看到一条适合自己要求的小黄牛了。他走到它身边，摸弄着它刚刚冒出的嫩角。这是一条还没有插牙的小公牛，浑身是一律的黄色，只在头部和尾部，杂着一些黑毛。尾巴沉重，肉峰高凸，眼睛也圆大，实在是一条好牛。卖主是一个花白胡子的老人，这时站起身来，笑着开口问道：

“小哥，你买牛吗？”

庚虎满脸飞红，不作回答，只是笑着。

“小哥，”老人继续说话，“我这牛口齿可好哩，什么草都会吃，连水牛草也上得口！你看，还没有插牙的牛，可便有半人高哩。”

“会背犁了吗？”他覥覥地问。

“会！小哥，不瞒你说，还是我亲自教它背的犁哩，一教就会，气力也大；你不信，我圆个场给你看看！”

说着，老人顺手解下牛，在杨柳树下圆场给庚虎看。圆完场，又把它系回树干。小公牛立刻把鼻子挨近树脚下一堆干牛屎，呼呼出声地嗅将起来。

庚虎在这条小公牛旁边站了许久，和老人搭谈了几句关于农事上的话，始终不敢说出自己的意愿。老人虽然和蔼可亲，但他总觉得自己相熟的那个牛经纪未曾来到，还是不要先自开口的好。

许久后，牛经纪才慢吞吞的来临，在他后面，跟随着几个买主。牛经纪照例是一位嗜酒若命的人，在还没有过酒瘾时，拖着鼻涕，流着眼泪，全身绵软无力，连说话的精神也没有，只是不住地打着呵欠；但待黄汤一下肚，立刻精神百倍，满脸生光，嘴巴便开始滔滔不绝。这时，大概刚从街上酒店里出来，指手划脚的大步跨来。

庚虎畏缩地尾随着他，耐性地等待他做成好几注买卖之后，才向他提明自己的要求，把他引到那条小公牛旁边去。交易很快的便成功了，庚虎把肚兜里一卷热腾腾的钞票交给牛经纪，然后迷惘地从老人手里接过了牛绳。

在回家的路上，他特意于经过街道时，买了半斤猪肉，准备祭牛栏土地，牵着牛，大声吆喝着，心里充满着新奇和兴奋。

“哼，如今我也有着一条黄牛了哩。”他想。

是的，如今他是的确有着一条黄牛了。在他眼前，两片肥胖的牛屁股不住滚动着，一条牛尾巴左右拂动着，四只蹄子敲着道路，发出规则的蹋蹋声。这是他自己的牛，这是他刚刚从市上买来的，以后将永远属于他的牛……

走出市郊，经过一座小桥，便招呼着牛道：

“脚，脚，脚！”

于是小公牛便低下头，嗅着，慢慢的走上桥，小小心心地通将过去；接着便抬起头，哞哞地鸣叫起来。

“娘的，你想你妈不是！”他骂着，举起竹棒，轻轻地打着它屁股。

迎面走来和后面追赶上来的人们，和他打着招呼，知道这牛是他买来的，便都说着称赞的话。这种称赞的话，有的是对牛而说，但大部份都是对庚虎说的，认为他真是勤俭有为，是一个难得的好农民。

因此，他又想到，要是金魁爷知道他买进了牛，将会怎样想呢？他回想到元宵节那天，在镇上饭馆里碰到金魁婶婶和小金兰的情形；他很清楚地记得，那天自己是曾经对金魁婶婶说过要买小黄牛的话的。现在，小黄牛当真买来了，这是一种对自己的希望和努力的证明，理应得到别人的重视；可是金魁爷却那般固执不化，那般轻蔑老祖母的忍受和自己的努力！不过他简单觉得，不论怎样，自己的境况是慢慢好起来了，眼前这条黄牛，便是一个开始……

回到家里，安隆奶奶和虎妹老远就迎接出来，说不尽的欢喜。作祖母的马上从孙儿手上接过那半斤猪肉，大声招呼小隆婶婶道：

“虎儿妈妈，牛买来啦，你把这肉煮去，量一碗白米，一碗豆子，祭牛栏土地！”

于是，一阵忙乱开始。小隆婶婶一声不响地准备祭品，虎妹立刻给小公牛去煮丰富的晚餐，安隆奶奶一边听着孙儿诉说关于买牛的经过，一边匆匆净手烧香。感到空气的异样，群鸡咯咯鸣叫，甚至屋檐上的燕子，也停止筑窠，吱吱喳喳地作着欢愉的祝贺……

三十二

和庚虎的买小黄牛同时，在春五娘小酒店里，却从镇上带来消息，说敌人又要进攻省城了，几百里外的前线，业已开始激烈的战事。

不待说，歪嘴老八又复以夸张的口吻，散布起他的预言来了。他认为这一次敌人可要大举进攻了，因为有过以前几次的谣言，无风不起浪，总会有一次当真见诸事实的。

“乖乖，”他歪着嘴说道，“不管你们相信不相信，这一回的灾祸可是铁打铜铸的啦！去年秋天那一回，我就说，靠不住，日本人心肠是黑的，迟早总会当真来那么一场；如今可当真来啦，不出十天半月，我们凤尾嶼总要乖乖的倒点儿霉啦！”

不相信的人提出反证道：

“我看这一回还是无根谣言！不说别的，就连飞机也没有飞来过一架哪！”

“乖乖，飞机可靠不住，”歪嘴老八坚持着自己的观察，“飞机可实在靠不住！兵法上有得讲，实者虚之，虚者实之，便是这个道理！你们想想，他们要进攻省城，难道反而开飞机先来告诉你，教你乖乖的有个准备不成？这一回，他们不声不响，倒会当真来你一个措手不及啦！总而言之，前些日子，说是凤栖山上天天晚上听见猫头鹰哭声，那就是个凶兆！”

听到歪嘴老八提起凤栖山的猫头鹰，春五娘也便插嘴说道：

“就是呀，昨天晚上，我们刚刚上床睡觉，就听见隔壁宏富婶婶家的那只八斤重大公鸡，喔——喔——的啼了几声，我就告诉他说：‘老八，老八，你听这是怎么回事！村子里怕不会有火灾！’谁晓得倒验在日本人身上！”

“啧啧啧！这只公鸡还不该杀来祭火神帝君！”几个人同声嘘了起来。

“就是呀，”春五娘尖起嗓子附和道，“这样的公鸡还不该杀吗？可是宏富婶婶偏不肯杀，说是她要喂着它过年，做长鸣鸡哩。”

于是大家都哄哄的在这只不吉祥的大公鸡身上议论起来了。有的说，村子里应该叫宏富婶婶来个担保，她要喂这样的鸡，改日出了灾难，请问她怎么脱得了干系？有的说，这可怪不得鸡，村子里要出灾难，鸡不过给大家报个信，叫大家小心堤防，怎么反怪到鸡头上去呢?也有的主张，既然凶兆这样多，镇上又来了谣言，应该把美奂常屋开开，请几名道士，打一场太平醮，消灾除难，保保清吉平安……

歪嘴老八并不反对请道士打醮的办法，不过他认为别的都不要紧，日本人进攻省城的事情可实在严重。他说：

“乖乖，请道士打醮是不错，可是日本人是些无法无天的草寇，草寇的事情可不是打醮打得了的！你们想想，日本人逢村放火，见人杀人，要是土地菩萨当真管得着他们，岂不早该给他们来一场瘟疫病，叫他们人遭人瘟，马遭马瘟，瘟他一个军不成军！就是说，他们是草寇，有三分天意的，土地菩萨管不着。好在我们中国有委员长，我们委员长有七分天意，日本人再凶险些，也逃不掉委员长的神算妙策！”

“那自然不错，不过日本人当真来啦，也总不是好玩的，怕就怕他们是草寇，怕他们逢村放火，见人杀人呀！”

“听说日本人还专门糟蹋女人哩。”

“乖乖，”歪嘴老八又复眉飞色舞起来，“就是说呀，日本小鬼可见不得女人！报上载着，日本小鬼到一个地方，一边杀猪宰羊，一边便找花花姑娘……”

“该死的！”女店主嘟哝着。

“乖乖，那真叫该死！日本小鬼个个都是馋猫，闻不得鱼腥！他们找女人，小的不怕你七岁八岁，老的不嫌你七十岁八十岁；瘦的不怕你瘦得像干猫，胖的不嫌你胖得像肥猪，总而言之，只要你是个乖乖的女人就行！”

“真该死！”女店主做出一付娇嗔的表情，“要是找到老娘，怕我不甩他们几个巴掌！”

“好，你甩他们几个巴掌，乖乖的他们就让你甩，请问你，甩完巴掌你又怎么办？”

女店主脸孔微微涨红，抿着嘴笑，回答道：

“那还不容易！我就告诉他们，两个山字叠在一起，请出！”

“请出？”歪嘴老八睎眯起眼睛，“他们日本鬼子可不是我老八，他们进来了可就不肯出去啦！”

“不肯出去！难道就一辈子住在老娘店里不成！”

说到这里，众人都笑了。歪嘴老八的眉眼嘴鼻全部走了样，做出一付怪相，从两边嘴角，拖下两条长长涎沫，兀自摇摇头，轻声嘀咕道：

“那当然呀，别人不能乖乖的一辈子住在你店里，怕就怕你单个儿熬不得长夜哩。”

于是，话又回到日本人进攻省城的事情上去。大家都怀着惊惧，不过同时又怀着疑义，觉得话虽然这么说，那可怕的灾难，究竟是不会成事实的成分居多，因之在说话时还带着几分调侃口吻。说到临了，一个人便叹口气道：

“唉，宁可信其有，不可信其无，当真来啦，怕连麦田也要来不及耕哩。”

提到耕麦田，这些农夫们便显得热切起来了，仿佛这才是他们分内的事，而一切战争什么的，总不过是一些笑话闲谈。关于农事，他们的知识十分丰富。有人说起今年只有五龙治水，四牛耕地，年成怕不会好；马上有人附和，说是地母经上载着，百家共一井，春夏少甘泉，春牛头黑身黄，一定会缺雨水。由此说到收割麦子后，应该把田犁深些，如像常言所说的，旱年牛吃苦呵……

于是，有人截断大家的话，说道：

“你们晓得吗，头市庚虎买来一条未曾插牙的小黄牛啦？”

这消息仿佛很使歪嘴老八感到不愉快，他眏眏眼睛，冷冷地说，“庚虎吗，还不是乖乖的打银饭碗讨饭吃！”

“那可不能这样说！庚虎这人健壮能干，气力大，做人也还算规矩……”

“规矩！他心可乖乖的高着哩！”

“嘿，你说他心高，有一天早上，我亲眼看见，金魁爷衔着烟管上安隆奶奶家去，早晚怕会成了事呢。”

“成了事？你是说庚虎和小金兰吗？”女店主关心

地问。

“就是呵，金魁爷亲自到安隆奶奶家去，和安隆奶奶商量停当，这还怕不会成事!”

“老八，你说这是真的吗?”女店主不肯相信。

“我看么，怕靠不住！要是金魁爷和安隆奶奶已经商量停当啦，小金兰今年青春二十岁，荷花苞子正开放，还不乖乖的央个媒人提亲！依我看，实在靠不住!”

关于这件事情，集中着大家的兴趣和关心，谈论了许久，依然没有一致的决断。歪嘴老八认为金魁爷也是一个心高的人，绝不会把女儿嫁给庚虎，让自己的“掌上珠”投到牛粪堆里去。女店主春五娘，更热切地希望着这事情不致成为事实。她的希望，自然是由于爱护小金兰。她觉得像小金兰那样聪明漂亮的姑娘，总于配上一个读书人才好；人往高处走，水往低处流，何况安隆奶奶家是一个有着传统不幸的命运的家庭，她简直不敢去想像小金兰的将来。因此，这位多情善感的小孀妇，想起自己不幸的身世，便把愈益瘦弱了的女儿拉到身边，红起眼睛，吸着鼻子，认真要流出伤心眼泪来了……

三十三

三月初，清明节到了……

关于战争的谣传，虽然继续炽盛，不过在凤尾屿，人们却都平静，各自进行着麦子的收获和春耕的准备。时序来到“麦秋季节”。天气日益温暖，麦穗一律转成黄色。在清明节前一天，田野间，到处扬起一片柳笛和牛角的鸣响。这村和那村互相呼应，充满着焕发的气象。

因为养了牛，庚虎觉得今年的清明节，对自己更有意义，很早便到河边去砍来大捆杨柳枝条，留着第二天“插青”。安隆奶奶不知道从什么地方给孙儿找出一只牛角，庚虎喜欢极了，用草刀柄在杨柳枝上敲下柳笛，镶在牛角尖上，站在门口吹着，一个小孩子似的，不知厌倦。虎妹也吹着柳笛，并且给老祖母和自己编着杨柳枝的项圈，唱着应时的山歌。

翌晨，只有四更时分，庚虎便摸黑起床了，他要在“抢青”时给自己小公牛抢到第一口青草。“抢青”的地点是在凤栖山。他把牛牵出门，立刻吹起牛角，向凤栖山赶去。因为天色还没有明亮，小公牛不住的跌失着蹄子，哞哞地鸣叫着。

“不要响！快抢青草去！”他吆喝着。

到达凤栖山时，庚虎把牛赶上山去，自己便找一块为露水沾湿的石头上坐下，拼命吹着牛角，从山岩间唤起回音，但几乎在同一时候，他听见山那边也传来了别人的牛角声；很快的，从山的另一边，也响起牛角声。彼此互相应和着，简直分不清谁先到达。并且，从四面八方的原野上，也扬起一片牛角和柳笛的合奏，汇集成一股怒潮似的嚣声，仿佛大地母亲本身，应着生命的律动，发出春天的歌唱，由于整个冬季的幽禁生活，牛也哞哞鸣叫着，在黎明前的黑暗里打着“虎跳”。

终于，曙光慢慢出现，天空从深黑变成青灰，东边天和地相交接的地方，出现一层白色的云幕，滞缓地移动，散开，终至消失；大地上的一切，随即呈显出朦胧的轮廓。最初一阵热闹的牛角声过去了，牧牛人互相打着招呼，投着各种各样的戏谑。大家散过各处山野，选择着最好的地点，给自己的牛尝享一年中第一次美餐。早春清晨的凉风，给人一种冷瑟的感觉。于是，又一阵热闹的牛角声起来了，音浪向四野散布开去，唤起整个宇宙的苏醒；林丛中的鸟雀，纷纷惊起，吱啁不已。

太阳还没有升起，可是远处的山巅，业已被它的光线染成金黄。在太阳即将上升的地方，天壁变成淡紫色。蓦忽之间，一道晶亮的光线，划破天壁，投射在远处山巅；接着是第二道，第三道……拥抱住整个山岗；而太阳，也便肃静地，悄悄地从山岗上探出头来，开始它每日的行程。湿润着露珠的田野的胸脯，仿佛微微起伏着，遗弃掉黎明时分的阴影，闪烁起焕发的光辉……

庚虎兴奋地吹着牛角，他竭力要使别人注意到他的存在，注意到如今他也业已有着牛了。他并不以自己只有一条小公牛而感到羞耻，他认为这是一个开始，将来自己一定会有牵大水牯来“抢青”的一天。

牛角声逐渐冷落下去了，晨露在阳光里蒸发着，整个山野，充满着清新爽畅的空气。青灰色的五十雀，在林木间迅捷攀跃，寻找一天最初的食粮。喜鹊唶唶而鸣，给牧牛人投着喜讯。长尾巴的黄莺儿，更宛啭啼唱，祝贺着清明佳节。于饱餐了丰裕的鲜草之后，公牛便不安分起来，不是哞哞地追逐着异性，便是互相斗起角来。牧牛人便围拢着它们，拍着它们的肉峰，哄笑助兴。

庚虎的小公牛也不甘寂寞，独自在一处山塝边，跪着前脚，用刚刚冒出的嫩角磨触着，弄得满头满颈的泥土。庚虎并不把它赶起，却站在一旁，默默地看着，露出深藏的洁白的牙齿，脸上浮现着一种柔和的笑容……

终于，太阳冉冉上升，天壁呈着纯净的湛蓝，原野上，到处出现着收获麦子的农民。在凤栖山，清明节黎明前后的热闹即将过去，有的牛角业已哑了，柳笛吹破了，于是牧牛人便开始牵牛回家。庚虎看着别人一个个离开凤栖山，他却依然吹着牛角，恋恋不舍地留在山麓。小公牛吃饱青草，这时兴致旺盛地鸣叫着，虽然适才业已在山塅边用尽力气，也仿佛愿意大家把这热闹时刻多保留一回：因为，一过了清明节，春耕立即开始，辛劳的日子便将来到……

直到发现所有的人和牛都已离开山边，庚虎才收起牛角，赶牛上路。在归路上，小公牛跑得非常快，立刻就赶上了大队的牛群。十分凑巧，赶在前面的正是金豹和他的水牯。

“庚虎，是你吗？”金豹打着招呼。

“是呵，我牵我们小公牛来‘抢青’，这小畜生还不愿意回去哩。”

“插牙了吗？”

“没有，年纪还轻着哩。”

“可背得起犁啦？”

“背得！在牛市上我亲自看见卖主打圆场，圆得满像样！好在我们小户人家，活儿轻松，不比你们田地多，活儿重，得喂大水牯！”

“你说那里话来，大家还不是一样！”

庚虎的说话，虽是表示谦让，却是一种骄矜的口吻，所以听到金豹的回答，心里有着说不出的满足。他想，今天亏得是金豹，要是遇到金魁爷，将会怎样回答？于是他便问道：

“金豹，今天你爹没有出来吗?”

“没出来,”金豹的回答很简短。

觉得下面的话无法继续，便又扯谈着关于农事和时局。一直到达村子，两人还没有住口。同伴们看见这种情形，都暗暗纳罕着。

回到家里，安隆奶奶非常高兴，她在每张门上，一律插着杨柳，又在灶君爷和门神土地前点起香，祝福一年的收成。

早餐后，兄妹两人一起到田里去收割最后一丘小麦。等到麦子全部收获完竣，便可以一面下秧，一面耕田，准备播种大熟。走在路上，庚虎就把“抢青”回来和金豹的谈话告诉给妹妹听。在他的意思，只是觉得金豹这人，十分不在乎自己和小金兰的事情，感到有几分意外。可是虎妹却只飞红起脸，默不言语；她怀疑哥哥业已知道她和金豹的秘密，现在这些说话，乃是一种试探。她心里有几分不高兴。

感谢造物主！一个女人的心，有如一座深邃难测的黑森林，别人容易为它着迷；但在她自己，却永远清醒，永远知道怎样警戒——即使是对于最亲近最开心的人。

三十四

……割到一畦尽头，虎妹突然停住镰刀，站起身来。

“哥哥，你听这是什么声音?”

业已开始另一畦的庚虎，也便停住镰刀，吐口唾沫，站直身子，静静地听着。果然发现一种细微的嗡响，从遥远的天边传来。天是纯净的蓝天，万里晴空，没有半缕云尘。

“怕是飞机!”他断定道。

虎妹抬眼往上空寻找。天壁显得既深且远，在蓝色的天空的海里，仿佛包藏着宇宙无穷限的秘密。燕子剪着双尾，在底空梭子一般穿行着；而在那更高的处所，一只苍鹰，傲然地，俯临一切地盘旋着，俨然是整个大地的统治者。此外便一无所有，不见飞机的踪迹。

但声音终于慢慢增大，而且连大气也隐约震颤着。田野间所有的人，都停止手里的工作，仰脸察看。

“飞机！飞机!”有人喊着。

“那里?”

“西北角上! 你看那几个黑点子!”

很快的，庚虎和虎妹也发现那几个黑点子了。随着声音的迅速增大，它们的体积也迅速增大起来，一个，两个，三个……一共六个。转瞬之间，就可以辨别出它们的翅膀和尾巴，感觉到一种巨大的金属的震响，一种灾祸的预感。庚虎兄妹两人，开始和别人一般侧起身子，看得发呆。苍鹰和燕子不知去向，鸟雀们受了惊吓，纷纷四向逃避……

六架飞机，仿佛遮蔽掉整个天空似的，从低空掠过。因为飞行不高，可以清晰地看见翅膀上红色的太阳章。它们以一种震撼一切的气势，在春天的原野上，投下巨大的暗影，把那个位置在一条大河旁边的小镇作中心，兜着圈子。当它们每一次偏着身子斜斜地旋转过去时，马达凄厉的鸣嚎，俨然要把大地上所有的生物，都带到一个毁灭的境地。骤然地，完全出人意外地，从小镇那边，传过一阵连续的巨响，大地起着剧烈的震颤，如像世界在猝然的灾难里崩裂了，死亡以无可拒抗的威力降临了……

庚虎蹲伏在麦田里，双手抱着一束麦秸，一时神志完全昏乱了，等待着毁灭的来到，也不知道经过了多少时间，他抬起头来，看见蓝天是依然的纯净。燕雀又复出现，而适才那种可怕的轰响，也业已失踪。他如梦初醒似的，丢开麦秸，站起身子，不敢相信地向四围环顾着。

在田畦的那一端，虎妹也站起来了，同样的左右察视着。

“哥哥，飞机呢？”

“飞机？”庚虎茫然地回答，“娘的，飞掉啦！”

还没有割倒的麦子，这时在微风里激起薄浪，沙沙作响。太阳业已爬近中天，隔壁一丘秧田里，一个满身褴褛的稻草人，在拍打着破蒲扇。河岸上的杨柳，舞着细弱的长枝。燕子呢喃觅食，田雀到处喳喳鸣唱。什么都是一样！什么都没有变动！

“镇上！炸了镇上！”有人喊。

兄妹两人一齐向镇上那个方向望去，这时果然冒起着冲天的烟柱，差不多把半边天都遮掩住了；而在兄妹两人的嘴里，同时发出一声惊呼……

到了下午，赶到镇上去探看究竟的人回来了。说是昨夜半晚，有一支中国军队从镇上通过，并没有落脚，便开到前方去了；今天敌人的飞机是来轰炸军队的，结果遭殃的却是一般无辜平民，因为没有逃跑，炸死的人很多，情形很惨，半条最热闹的街都变成灰了。

这消息如像一个巨大的石块，陡然落在凤尾嶼平静的池塘里，立刻激起不安的浪花。几乎近半个月来的谣传，如今得到可怕的实证了。灾祸显然是难免的。田里的麦子刚刚收起，秧才发绿，春耕正当开始，可是灾难却匆匆赶着来临了。同样的谣传，以前曾经有过，听惯了，总以为这一次也仍然是谣传；谁料道正当播种大熟的时候，灾祸当真来到。大熟是农民的生命，我们不能让这一年中最重要的时期白白空过，因之他们的虑忧是一种灼心的忧虑……

庚虎的情形，尤其要坏些。他是一个心高的人，正在用着自己的生命和命运打赌；眼见得就要在这场赌局上获胜了，却晴天霹雳似的袭来这样一个的大打击，简直使他完全陷入迷雾的境地。当天下午，他不再上麦田去，因为一想到那即将来到的巨大的灾祸，他手脚发抖，神志也昏迷不清了。

安隆奶奶知道孙儿的心情。她百般安慰着他。上午飞机来的时候，她跪在灶君爷面前祈祷。现在，她净了手面，燃点起香，和大清早同样的，在门上和灶君爷前面插将起来，更诚心地祈祷着。虽然命运从未优待过她，神明也不常降福给她，但她对命运和神明的信心，随着自己的日趋迟暮的老境，也日益坚强了。她愿意把一切不幸都承当在自己一个人身上，来换取孙儿的幸福；每次灾祸的来临，她的祈祷完全为着孙儿。她知道孙儿是一个心高的人，他的希望，也便是她这作老祖母的希望呵！

虎妹包着头巾，把上午收割进来的麦子，独自到屋后空坪里去打麦穗。她把一个三脚木架放在空坪中间，又把一片废弃了的石磨，搬上木架，然后双手捧着麦束，在石磨上面拍打着，麦子便粒粒的从石磨上滚落下来……

飞机轰炸镇上的事情，是她亲眼见到的，自然她也心怀惴惴。不过她必须把麦子打下。在灾难还没有真正来到以前，一个农民总不能把收获放开。为了排遣萦绕着心头的忧虑，按照打麦子的节拍，她轻轻哼唱着一个歌子。

一刻后，小隆婶婶也包着头巾出来了。小隆婶婶把一束一束的麦秸，晒在空坪四周和柑园的篱笆上；然后，拿起帚子，给女儿扫着地上的麦子。

“妈，你听见飞机丢炸弹吗?”虎妹问道。

“听见。”

“说是日本人当真会打过来呢。”

“哦，”小隆婶婶瞥了女儿一眼，俯身从地下拣起一个麦穗，用手指把麦粒搓下，便不再言语。

母女两人默默地劳作着。在小隆婶婶，灾祸的来到，好像对她是一件不相干的事情，她很少惊惶失措，也从不大声说话。不论什么时候，她总是用沉默的忍受来对付一切。如果说，灾祸是不可避免的要来，那么便只有让它自然来到，反正她业已经过来了，她能够忍受。她的心灵，由于灾祸的重重折磨，几乎完全麻木了。但这并不是说，她有着忍受的天赋。她原是一个倔强的人，曾经反抗过命运。不过她从过往痛苦的经验里，知道这种徒然的反抗，非但不能给自己带来所希望的幸福，反而招致来更可怕的结果；如像一个落入陷阱的人，愈挣扎，便陷落得愈深……

母亲寡言寡笑的性情，作女儿的自然十分了解。和母亲在一起的时候。便强烈地感觉到命运的重压。但虎妹是深爱母亲的，在对母亲的感情里，充满着感激和哀怜。

当天晚上，凤尾屿全村的人，都被一种不祥的声音惊醒。这是一种隐约的钝响，仿佛在宇宙的边缘，有着一个巨人用大锤捶击着似的，间隔地传送过来。男人们都披衣起床来了，大家纷纷推测和议论着，一致都同意着那是灾祸更确切的预兆——从战场上传来的炮声。

可怕的事情果然降临……

三十五

……平静失掉了，整个村子陷入一阵巨大的惊惶和骚动里。炮声愈来愈贴近，仿佛灾祸随时都将猝然来到。

大清早，春五娘小酒店里便挤满了人。大家都带着惊愕的神情，嘈嘈然地谈论着。人们的意见和观察，都变成纷乱，零星，不着边际了；平日那种融和生趣的空气，一变而为焦灼不安。即使有人用乐观的语调说话，也显然只是一种虚假的镇静和徒然的慰藉，听来更足证明的无可逃避。在关于农事和发生在乡里间种种小故事上，他们的议论和观察，既多机智，日富妙趣；但一临到这种前所未见的大灾祸，这些质朴善良的农民，便完全失掉应付的主意了。甚至博见多闻的歪嘴老八，这时也脸呈忧色，分担着一份愁虑。

和以往若干次一样，很自然的，立刻派出到镇上去打听消息的人了。待被派的人出发到镇上去后，一个从前曾经当过催粮的中书，如今当着保长的年青农夫，提议先把女人小孩送到二十里外的山上去，然后向山上的亲戚家搬运粮食和猪牛。不过赞成这提议的人并不多，大家认为正当春耕时节，秧苗业已到拔插期，如果逃离开去，便将耽误大熟。于是有人主张，不管怎样，土地总是不能丢弃的，一切都待灾祸来到时再说，一切都听天由命。

“乖乖，”歪嘴老八不同意这种主张，“那可不行，实在不行，你们不知道日本鬼有多么恶毒……”

“大熟总是丢不得呵！”人们嚷着。

“大熟丢不得，也总还是乖乖的避一避好！三十六着，走为上着；我老八是亲眼看见的，当年上海那一仗呀，那才叫是斩草不留根，玉毁石也焚！……”

但人们业已无暇来听这种无补实际的议论。他们是依靠土地为生的农民，非到万不得已，决不肯离开自己的土地。彼此纷纷讨论了一通，发觉这种讨论并不能解决困难，便各自回家去了。因为不论如何贫穷，他们也莫不有着自己的一份财产；在灾难来临前一刻，设想到这种一向为自己所有的财产可能失掉，便愈益觉得可宝贵；所以，在这时候，想法保持它，才是最重要最实际的事情。

庚虎也没有例外。春五娘的小酒店，原来已成为他的禁地的，今天也还是去了。今天正是他的生日，但业已无暇想到它了，灾难的威胁夺去一切人的关心。在小酒店里，他并没有发言，只默默地在店门边站了一回，便回到家里，把自己的见闻告诉给老祖母。

安隆奶奶的娘家，便在二十里路外的山上，自然也是一个贫寒的农家。因为路远，人丁又少，素来走动得不很勤密。加之如常言所说的，“一代亲，二代疏，三代绝，”到了孙辈手里，亲戚的情分业已十分淡薄；只有过年逢节的时候，从那遥远的山丛里，还有一两个不忘故旧的侄孙，到祖姑家里来拜贺年节，带来一份山上土产的礼物，和一些农家的小灾小难。庚虎也不常到山里去，除了偶而在过年节时去给表叔伯上坟烧香外，一年四季很难得去走亲。大家的境况都不很好，农事又忙，亲戚的情分便自然而然的淡薄下去。现在，正当灾祸来临的时候，安隆奶奶却想起自己的旧家来了，便说道：

“庚虎，你和虎妹先到山里去，先到表兄弟家里去避一避刀锋……你们年青人总要避一避，尤其是虎妹，一个姑娘家……”

“奶奶自己呢？”作孙女的问。

“我？我今年快八十岁啦，还逃什么难？一个老太婆，闻到棺材香啦，难道还怕人家日本人的荼毒？你们年青人去避一避，我在家里守家……”

“奶奶不逃，我们也不逃！”

“你这是什么话，你们也不逃？你们都是年青人，尤其是你，一个姑娘家，那能不逃？不是说，日本人都是没有人心天理的吗？你们……把牛牵去，把米也挑去，到山里表兄弟家去避一避……”

庚虎的顾虑却在另一方面，他深思地咬着牙，脸上现露出一付心魂不定的神色，来来回回地踱着步，肯定地说道：

“我不逃！麦子还没有收起，田也还没有动手耕种，耽误了大熟，一家人吃什么！”

“我也不逃”，虎妹附和着。

“你要逃，虎妹！你是一个姑娘家，都说日本人不讲理，见不得女人……”

“哥哥，”作妹妹的截断他，“你莫说这种话！听说日本鬼子是人见不得，他们逢村放火，见人杀人！要逃大家逃，奶奶和妈妈也一起逃，等时势平静了再回来种大熟！”

这样推让着，没有结果。外面，炮声不时隐隐地传送过来，大地微微震颤着。燕雀们也显得惶惶不安了，在檐头吱喳鸣叫，给这家不幸的主人报着凶信。

于是，庚虎又复和虎妹到麦田里去，把小半丘昨天剩下的麦子抢割进来。而安隆奶奶，在里屋一堵泥墙脚下，用一把小刀挖掘着窟窿，把一个小小木匣埋藏起来。在那小小木匣里，盛着几张地契，还有她自已年青时一对银耳环和一个银项圈，她准备把它们留给孙女出嫁时做陪奁。但她究竟年纪老了，手臂没有力气，又加以心意慌乱，拿着小刀的手不住颤栗，挖掘了许久，依然挖不进墙脚去。没有办法，只好喘喘累累的出来喊小隆婶婶道：

“虎儿妈妈，你来……”

小隆婶婶疑虑地跑进屋子，安隆奶奶把小刀递给她，要她帮着挖掘墙脚。

“等一等，奶奶，我也去拿来！”

她跑到自己床里，在床头边摸出一只陪嫁过来的银镯子，也一起放进小小木匣里去；然后接过小刀，默默地用力在墙脚边挖掘起来。

三十六

从镇上回来的人，带来更坏的消息，说是镇上业已到了大批前线退败下来的军队；如果情况不好转，敌人马上便将来到……

飞机也一遍一遍的光临，有时一架，有时三架……不过并没有丢炸弹。炮声愈来愈近了。原野上，充满着惊慌而愁惨的气象。一下炮声传送过来，鸟雀们便从林木里哄然飞起，急遽地掠过田野，在另一处林木上停息下来；但马上，从同一方向，第二下炮声响了，立刻又复腾空而起，飞向另一个林丛。农夫们匆忙地巡视着自己的田地，不过很少停留在田间干活；原该是最热闹的春耕季节，如今却遭遇了空前的冷落。金黄的麦子，被遗弃了似的，无人收割。秧苗也长成了，在微风里起着纹波，催促着人们的分拔。经过犁耕的水田，成群的白颈鸦，在翻起的土块上啄觅着蚯蚓，但一听到炮声，便一律飞腾起来，在低空盘旋一番，重复相率栖落下去……

村子里，笼罩着一种虽然喧嚣，却是凄凉的空气。人们纷纷地忙乱着。即使不愿离开乡土，还是各自进行着避难的准备。很多人追捉着鸡和鸭，不管平日怎样爱护这些小家禽，这时也无顾惜地把它们宰杀掉了。另一些人家，忙着牵牛捆猪，搬送到以为是安全地带的山丛里去。见到这种异乎寻常的景象，连守家犬也感到惶惑不安了，在村前村后奔跑着，或是平白无故地吠叫着。胆小的女人们，有的急青了脸孔，不知怎样才好；有的背起藏放珍爱物品的包袱，手里提着鸡子，有小孩的抱着小孩，回山丛里的嫁家去躲灾避难。小孩子啼哭着；男人们咆哮着……整个宇宙都陷入恐怖之中，都失掉了安宁和秩序……

……庚虎迅速而烦乱地挥着镰刀；虎妹腰间挂着稻草，把割倒的麦子，一束一束地捆缚起来。由于心境的不安宁，兄妹两人的手脚都变成慌乱无定；而一听到从远处传来的炮声，便不自主的停住手，站起身子，互相交换了恐怖的一瞥，重复俯身工作。有时天空中飞机出现了，便微微把身子蹲下，侧起脸孔察看着；待那空中的魔鬼从天边隐没，庚虎便恨恨地骂道：

“娘的！看你不会跌下地来摔死！”

“哥哥，”听见庚虎的詈骂，虎妹插嘴问道，“飞机也会跌下地来吗？”

“会！怎么不会！”他决然地回答。

但谈话并不继续下去，两人立刻又俯身工作了。对于飞在天上那怪物，他们可说全无知识，只保有着一种迷惘的憎恨。庚虎说的是一句模糊的希望，不过他确信着它；他认为既然那是给人祸害的东西，自然应该获得应有的结果。

工作很快的便完成了，兄妹两人各自挑着麦束回家。这时正当午后，太阳刚刚向西偏斜。虎妹不及休息，便到空坪上去打麦子，哥哥庚虎在旁边帮着忙。

白天过去，情形愈益险恶了。黄昏时分，一连三四只有蓬的小船，从河渠上经过。有人把它们拦住，询问船上人前面的情况。船是城里逃难来的，说是在城里业已听到枪声，军队潮水一般向后面退败，飞机也不断的轰炸，整个县城都起着大火。这些新消息，增加着人们的恐惧；而入夜后的炮声，也更加清晰震响了……

在安隆奶奶家里，合家人都陷入忙乱之中。无论如何，粮食和耕牛是必须搬送到山里去的。于是把不多的米和刚收获的麦子，装在箩筐里；又把红薯和包谷，埋在土里；小隆婶婶则把鸡子都缚将起来，准备和米麦一起搬到山里去。一边七手八脚地忙碌着收拾粮食鸡禽，一边计议着逃离的事情。做老祖母的要孙女孙儿避一避刀锋，但孙女孙儿又坚决地要祖母和母亲一起逃，不然，便宁愿大家一起守在家里碰命运。

几近半夜，方始怀着惴惴的情绪，大家睡去。庚虎原来是睡在猪栏屋里的，现在猪栏业已改成牛栏，他的床铺依然摆在窗口旁边，听着小公牛，不住的拌嘴反刍和粗大地喷鼻息的声音。每天晚上，在临睡前，他总要点起灯火，给小公牛喂草料，甚至抚摸一遍它的嘴鼻，恋恋不舍。它是他全部的希望，是他生命的一部分。他热切地期待着它迅速长大起来，成为一条雄纠纠的大公牛。他小心谨慎地侍候着它，唯恐它吃不饱；每次给它喂过食料之后，他总觉得它业已更长大了些，至少是希望它更大了些。他甚至如像常言所说的，愿意把竹筒插在它屁股里，用口气去吹涨了它。今天晚上，由于打破了平日早眠的习惯，自然更由于对灾祸的极度不安，庚虎在上床之后，许久不能入睡。狗吠着。殷殷的炮声，时间时歇的传来，村子里不时爆发出猪的鸣叫和人的呼喊。月尾迟上的月亮，从窗口流泻进朦胧的光。小公牛似乎也知道灾祸即将降临，不安静地踩踏着脚，用身子磨着木栅栏。

庚虎在床上转侧着，思索着种种事情。但并不能有头有绪地思索它们。只是一阵乱麻似的，各种各样的事情，一齐涌上他原是简朴纯净的脑子，使他无法排遣和清理。灾祸业已来到，将给予自己怎样的损害？由此便又自然而然的想到麦子，春耕、大熟、小公牛……终于想到了小金兰。

一想到小金兰，思绪便仿佛在骤忽之间凝固起来了，心里也随即生出一阵酥麻和空虚的感觉。他和她的距离，似乎十分接近，但又十分疏远。撇开一切，他在一个可喜的假定之下，预想着两人的将来，把自己所认识的种种幸福，都归划给自己，于是，他慢慢地开始沈醉在这种假定的幸福之中……

但这种沈醉，只是瞬息间的事情。很快的，他被一种细小的声音惊觉。远处炮的鸣吼业已沈寂下去了，这声音发自耳边。他倾听着。小公牛的反刍和蹂踏声还没有停息，分辨不清适才的细小声音从那里来的。他坐起身来。立刻，他看见窗外有一个闪动着的黑影，而且第二次的声音又发出了，显然是窗栅上的轻叩。

他慌忙披衣，从床上跳下。

“是你……阿兰！”他急促地把脸孔凑近窗口。

在朦胧的月光照映之下，他看见小金兰苍白可怕的脸孔，和松散零乱的长发。她双手攀着窗口，仰着头，嗫嚅地轻声呼唤着他的名字。

“阿兰，你等着，我马上出去！”

“不……不要，”她阻止着他，“我就得回去，我只来告诉你一句话……”

“什么话?”

“天明后，我们，爹和妈……就要逃到山里去……我大姨妈家的亲戚，进山口去还有三十里……”

“你也去，阿兰？”

“是的，我也去，爹和妈要我去……只有哥哥……”

“金豹也去？”

“哥哥也要去，不过他说迟一半天再去……他要看看情势……”

“看看情势？”

“是的，庚虎……我瞒着爹和妈来的，我来告诉你，庚虎，我怕你不肯逃……都说日本人逢村放火，见人杀人，一定要避一避，庚虎……你表伯伯家不是也住在山里吗？”

“山里，山口边，”他茫然回答。

“山口边也比留在家里好些，我们凤尾岃离镇上又近……庚虎，你要逃啊！”

“好，我一定逃！”

得到他的允诺，小金兰放开攀着窗栅的手，返身迅速跑开。她的脚边踉跄不稳，散乱的辫发轻轻抖动，月亮为她拖下迷离的影子，如像是一个夜的精灵。

在隔壁，在安隆奶奶和孙女的卧房室，虎妹也没有入睡；听到窗外依稀的说话声，她便轻轻起身，跪在床上，隔着帐子，从窗口向外面张望。她看见小金兰离去时，慌乱地奔跑着，在遍向空坪和柑园的路上，给石子绊了一下，踣跌倒了，但很快的爬起身，依然急遽奔跑……她不自禁的发出一声短促的呼喊。

随即，她听到牛栏间里哥哥庚虎的询问：

“虎妹，你还没有睡吗?”

“睡啦,”她回答道,“刚刚醒过来，哥哥。”

“你看见什么?”

“没有……没有看见什么，哥哥。”

“刚才不是你喊了一声吗?”

“是的……我做了一个梦，很可怕的梦……我喊了一声，就醒过来啦。”

这样回答着，便重又躺下身子；唯恐惊醒老祖母，她把手脚放得十分轻缓。但在同时，她业已听到厨房里母亲的咳嗽声了……

三十七

同一天晚上，镇上几乎澈夜都走着从前线退败下来的军队。炮声沈寂了，敌人的追击部队，正在分头疾进……

天明后，庚虎匆匆把一担米粮挑到山里去。一路上，逃离的人陆续不绝。到达山口边表兄弟家，说明了来意，未及休息，便又匆匆回头挑第二担麦子。

中午时分，原野上呈显出一种反常的静寂。燕子依然呢喃穿巡，白颈鸦依然在水田里啄食蚯蚓，田雀依然成群噪叫，但田胧间业已绝无人迹，仅有几只饿狗，遭受主人的遗弃，这时在各处田塍上往返行走，嗅着。吠叫着。早开的芸薹花，茎梢吐出黄色的四瓣花朵，招引着蜂蜂蝶蝶。河渠旁边，水鹅鸟和长腿鹭鸶，在伺候着鱼虾。水车咴——哗哗……的旋转着。杨柳寂寞地飞舞着。各个村落里，不再听见鸡和牛的鸣叫了，大多数的居民，逃避到离镇更远的安全地带去。敌人的侦察机，时不时从天边出现，或竟探下身来，咯咯的扫射一阵机枪，又复若无其事地逸去……

庚虎第三次把小公牛牵往山里去，业已是黄昏时分了。小公牛虽然买来不久，仿佛也已认识主人对自己的深情爱护，这时当着灾难来临之际，不愿离开贫寒的家，不住哞哞哀鸣着，不肯上路。

“不要叫，赶快逃难去，娘的！”庚虎吆喝着，用竹棒打着它。

小公牛走了几步，又复站住，依然回头鸣叫。

看见这情形，安隆奶奶感到一种不很吉祥的预兆，心里十分不安。她想把孙儿喊住，叫他不要去了，怕回来时天黑，路上不很安全；不过看他去远了，业已到达凤栖山脚了，没有说出口来。

村子里的人，十去八九了，显得极其寂静。虎妹不时走到屋后空坪里去向各处张望。太阳业已落到凤栖山后面去了，乌鸦嘎嘎地报着丧音，从田间向山上最深密的林丛里飞去。在残留着最后的余辉的原野上，开始笼罩着一层灰白色的暮霭。散散落落的大小乡村，没有炊烟，呈着无比的苍凉，荒芜和寂寥。四边天壁上，凝止住一大片焦红的晚霞，象征着离乱和灾祸。整个宇宙，仿佛屏息着气，作着隐隐的颤栗。

安隆奶奶变成格外健旺了，从屋子里跑出门外，又复从门外跑回屋子，神情恍惚，连自己也不知道为的什么。看见虎妹在空坪里张望，便喊她道：

“虎妹，你张望些什么？快进屋来，把门关上！”

天黑下来后，一家人便当真把门关上，坐在厨房里，等待庚虎回来。小隆婶婶依然默默地安排着晚餐，好像外面什么事情也没有发生。只要听见狗吠声，安隆奶奶便焦灼地站起身来，凑近门边去听着，自言自语道：

“庚虎该回来啦，天全黑啦！”

“那里有这么快呢，”虎妹总是安慰她道，“来回四五十里路，太阳落山时光才动的身哩。”

小隆婶婶把柏油灯燃点起来了，屋子里便蓦地充满光明。安隆奶奶不安地走动着，一时摸摸这样，一时又复摸摸那样，完全失掉了主意。四周非常寂静，仿佛世界业已整个死灭。时间变成磨人的东西，窒闷而又悠长……

把晚餐安排好了，小隆婶婶把饭锅开开，腾出一阵热气，使摆在灶头上的柏油灯光，也剧烈地摇幌起来。

“虎儿妈妈，”安隆奶奶阻止着她，“且慢吃饭，等庚虎回来再吃，总快回啦。”

“是的，总快回啦，”虎妹也应和着。

为了消磨时间，老祖母和孙女两人，特地搬出留着编斗笠和扇子的白净麦秸，摘去它们的根梗和穗须。不过刚一开始，安隆奶奶又放下手，站起身来，说：

“听！好像庚虎回来啦。”

什么声响也没有！外面的黑夜，在无声地进行着。于是安隆奶奶又复坐下，以微微颤抖的手，摘着麦秸。

虎妹的心也十分烦乱，她虽然竭力镇静着自己，竟也禁压不住的浑身发颤。摘麦秸原是最称心的事，却一次一次的把它摘断了。只有小隆婶婶，她独自坐在矮脚凳上，让灶头的暗影遮没着，默不作声。

“怎么还不回来呢?”老祖母又复焦灼起来了。

“牵牛不比挑担子。总要慢些；常言说得好，等人一天半千年，等起人来时间便显得长啦。”

作孙女的给老祖母解释着，又丢掉一根摘坏的麦秸。

小隆婶婶站起身，仿佛突然想起什么事似的，走到前面房里去，但立刻又走了回来，依然坐在矮脚凳上。

“说不定给留着吃晚饭啦，”她推测着。

“是呵，”虎妹同意地说道，“一定给留着吃晚饭啦，牛牵到山里，刚好是吃晚饭的时候哩。”

这一次轮到老祖母沉默了，她仅只抬起头来，以恐怖不安的眼光望了小隆婶婶和虎妹一眼；在这一瞥里，充分显出一个老年人的忧惧。

屋子里的空气，由焦灼变成疑虑。安隆奶奶又一次的放下麦秸，走到门边，倾听着门外的动静。一个邻家的黑猫，不知道从什么地方进来了，睁大着一双圆眼睛，向大家凝视了一回，又复无声地隐没在黑暗中。

“留着吃晚饭也总该回啦！”安隆奶奶喃喃着。

“怕不会给留着过夜吧？说不定天黑了路上不好走，给留着过夜啦。”

“那不会！他不想到家里人在等着！”

安隆奶奶再不能支持着摘麦秸了，她开始心意慌乱起来，双手摸索着门闩。虎妹跟随着她，以自己颤震的手，扶着老人颤震的身子……

开开后门，随着一阵夜风，在昏暗蒙眬的月光下面，首先看见镇上那一个方向，这时正起着熊熊大火，把半边天空映得通红……

追击的敌人，正从那里通过。

三十八

恐怖忧伤的几天过去了。

……敌人在将逼近省城时，遭遇到迎头的猛击，和追进时同样迅速，立刻狼狈地溃退下来了。溃退中的敌人，变成更加残暴而无人性，沿途杀戮焚掠，无所不为。幸运的是后面的追击十分猛烈，没有余暇给他们制造罪恶。因之，虽然镇上被夷成废墟，凤尾嶼却奇迹似的避免了可怕的浩劫；在一进一退之间，竟连一个敌人也未曾光临到这贫寒的小小农村。

灾祸过去了，离家的农民都重新回来；怀着一种意外的欣幸，他们启开自己的门户，挑回自己的食粮，牵回自己的牲口，不敢十分置信似的，重行建筑起自己的生活。发觉家屋完全无恙，他们立刻想到那荒芜了的土地，于是背起锄头，上田间巡视麦子和秧苗去了。

在田野里，因为在最需要料理的时候，遭受了短时间的冷落，麦子过于老了，秧苗也过于长了，水田里的水干了，犁埋掉的野草，重复倔强地蔓生起来……总之，一切都开始呈显出一种荒芜的景象！感谢上苍，灾祸来得突然，也去得突然，播种大熟的季节还没有过去，辛劳的农民们，还来得及恢复他们生活的旧轨……

在村子里，经过一度死寂后，现在业已复活过来。回转乡井的妇女们，一面忙着收拾家屋，一面更忙于诉说这次远行的见闻；她们照例十分敏感，也十分激动，互相告诉着自己的苦辛和忧虑，或是惋惜着鸡鸭的宰杀，或更悔恨着徒然的骚扰，至于一直守着旧屋，一无所知地度过最险恶的一段时日的人，这时则夸说着自己的镇静和得计。孩子们更是兴高采烈，仿佛他们又过了一次热闹的年节，走了一次远亲。饿狗看见主人回来了，重新得到豢养，也不住的摇着尾巴，汪汪地鸣吠着，好像在诉说着自己的艰辛岁月。放在食粮担上挑回来的鸡子，高声啼叫，庆贺着灾祸的脱离。燕雀们也十分兴奋鼓舞，吱喳不已……

但在安隆奶奶家，情形却完全不同。

庚虎一直没有回家。敌人在追击时，除了正面的一路由镇上通，同时作为右翼的一路，却沿着山口边迂回袭击；因之，逃到山里去躲避灾祸的人，少数落在后面的，反而刚巧碰上了灾祸。

在凤尾岥，遭遇这种灾祸的共有三个人，他们都是落在后面运送食粮的青年农民。据一般推测，他们一定是在黑夜中碰到敌人，被敌人所俘掳去了，虎妹曾经冒险到山里去探寻过一次，知道庚虎业已把小公牛送到亲戚家里，而是在当天晚上归途上失踪的。

敌人退去的那一天，三个年青人之中的一个，却意外地回来了。他立刻被众人所包围，接受着雨点似的询问。他的报告证实了大家的推测，三个年青人的确是敌人俘掳去的，敌人要他们挑运弹药。肩负着沉重的担子，忍受着饥渴，一连跟随敌人奔跑了几个昼夜；却侥幸在敌人败退时逃脱了……

“那么，你说，我们庚虎呢？”疯狂似的奔来探询孙儿下落的安隆奶奶，从人丛中大声发问。

那个逃脱回来的年青人，惶惑地望着眼睛红肿，脸孔益形衰老的老人，讷讷地回答道：

“庚虎……他……也一样呵！”

“会回来吗？”在后面扶着老祖母的虎妹，插嘴问道。

“会……只要逃得脱身……”

于是，老祖母和孙女两人，又复蹒跚回家。由于三人之中的一个的逃脱回来，给陷入绝望的安隆奶奶一丝希望。到了家里，她立刻燃点起香，跪到灶君爷前面，虔敬而热切地祈求着。而在同时，小隆婶婶和虎妹，也随着老祖母跪下，各自为着儿子和哥哥，献出最真诚的祷词……

一向沉默寡言的小隆婶婶，经过几天来灼心的忧虑，脸色异常苍白，两颊陷落，甚至连眼眶也凹洼了。当她在灶君爷前面跪下身去时，原来仿佛是业已干涸了的眼睛，立刻涌出两行泪珠，顺着显得格外隆凸的颧骨，簌簌有声地坠落下来……

安隆奶奶干枯打皱的嘴唇，不住颤动着，默默地说着慈悲和饶恕。她从来没有跪得这么久过。她的脸上有着一种严切的表情。所有的皱纹，似乎一齐紧缩起来了，整个脸孔，便显得异地干瘦；她的原是白皙的面容，变成枯黄，鼻子也缩小了。她的红肿的眼睛，毫不霎动，好像业已失掉生命。她跪着，慢慢的，在那木然的眼睛里，出现着一层被真情挤榨出来的泪光……

沈沦于这种悲苦的气氛中，虎妹跪在老祖母旁边，低垂着头。她从来没有这样虔诚地祈祷过，也从来没有这样相信过神灵的存在和命运的不可违反。在这一刻，她所怀着的情绪不是悲痛，而是一种澈心的恐怖……浑身微微颤栗……

祈祷完毕，虎妹离开厨下，到牛栏屋里去。因为饥饿的缘故，小公牛不住的哞哞鸣叫着，自从从山里牵回来之后，它就一直没有饱食过，所以显得瘦小了许多。

虎妹把一束干稻草丢进牛栏，便怔怔地坐在哥哥庚虎床上。

天慢慢暗了，黑夜姗姗降临。于是，这不幸的一家人，各自怀着无限凄楚，开始忍受那更难堪的长夜的煎熬……

三十九

……抛开父亲金魁爷的阻喝，小金兰疯狂地冲出屋门。

自从从山里回来，得知庚虎失踪的消息后，她便完全陷入昏迷之中了。她再不能故作镇静，开始坐卧不安，饭量也显然减少，脸孔也迅速瘦削下去，而长睫毛的眼睛，也开始更变得浑浊不清了。而且，往往独自坐在门边，两眼发呆，仿佛失掉神志一般。金魁婶婶也随之变成恍惚怔忡，担爱着女儿的健康，因而一次一次的和金魁爷爆发着剧烈的口角。经过了一场灾难的侥幸脱离，仿佛必须自行制造另一场灾难似的，在家庭里，灾难后的紊乱不安，非但一直没有恢复，反而形成一种不可收拾的境地了。春耕迫待开始，正是比往年更忙碌的季节，但金魁爷整天对金魁婶婶咆哮詈骂；甚至金豹也显得失魂失魄，精神不振，虽然每天牵牛背犁出去，工作却进展得非常迟缓。可怜的是做母亲的金魁婶婶，一边是丈夫的权威，一边是女儿的痴情，眼看着局面的僵持和小金兰的病态，内心焦灼，无处诉说，便只有暗自坠泪的份儿。

她知道和父亲一样，女儿的倔强性格，是不会听从她这做母亲的劝告的，她只能安慰她，对她说，事情不致完全绝望，庚虎还有回来的可能。可是回来又将怎样呢？难道当真准备把女儿嫁给他吗？——想到这一层，她便不禁恐惧起来。因此有时竟也私自愿望庚虎从此永远不再回来了，时间会把女儿的痴情冲淡的……不过这只是一瞬间的念头，立刻她就为它而感到羞愧和颤栗了！她自己不也是一个母亲，应该设想一下那同样是不幸的祖母和母亲的人的悲苦吗？……

而且，女儿小金兰却是更坚决的，为自己的命运许下可怕的誓愿了。当母亲金魁婶婶这样安慰她时，她曾经对母亲宣说道，"妈，不管他回不回来，我已经是安隆奶奶的孙媳啦！"她的决心显然业已不可挽回了。常言说得好，女儿是娘的，做母亲的人理应站在女儿的一边。于是，金魁婶婶便鼓励她道，只要庚虎能够逃脱回来，一切都由做母亲的来承担。女儿感激地抱着母亲，满脸流泪的吃吃说道：

"那么，妈，你要答应我……"

"答应你，"做母亲的惶惑地回答，"妈不是已经答应你了吗？"

“答应我到安隆奶奶家里去一次，妈。”

“庚虎还没有回来，你去做什么？”

“正为了他还没有回来……妈，你说，安隆奶奶不是很可怜吗？”

做母亲的自然也答应了，而且，为了那不幸的老人的遭遇而落泪了。不论怎样，善良的安隆奶奶目前的处境，总是值得怜悯的，即使处在一个邻舍的情分上，也应该去看访她一次。

不消说，在这一点上，又和做父亲的金魁爷发生了冲突。这执拗的老农人坚决不允许女儿到安隆奶奶家去。并不是说他不同情那不幸的老祖母，而是因为维持一个做父亲的人的权威。但怎么样都好，做女儿的业已获得母亲的应允了，她一定要公开的，如像一个自主的人一般的，去慰问一次那个曾经在除夕为自己祈祷过的老妇人。

现在，小金兰业已冲出屋子，一径向石拱桥那边跑去了。最初，她凭的是一股强力的反感，一种不可止遏的冲动；但刚一过了桥，她的心便不禁跳跃起来……只要一瞬间之后，她便将跑到安隆奶奶的家里，站在那正被忧伤所困扰着的老妇人的面前了。她们，还有小隆婶婶和虎妹，将以一种怎样惊讶不迭的眼光来迎接她呵！

不，她是断然不敢这样做的；假使就这样闯进别人的家里去，她将对安隆奶奶说什么话呢？于是，她走了几步，站了住，想重新回转自己家里去。

可是她又向前走了几步，踌躇着，慌乱着。她抬起眼睛，看见一个邻人正吃惊地望着她……突然地，另一种力量又复逼迫着她，抱着去就死一般的心情，她不顾一切地向前奔去……

她一直跑到安隆奶奶家的门口，战栗着站住了。安隆奶奶，小隆婶婶，和虎妹，一家人都坐在那里，都显现着愁苦无告的面容，挨度着悠长难堪的日子。看见小金兰的蓦地出现，三个人同时发出一声惊呼，站起身来。

“安隆奶奶，我……我……我来看你老……”她困难地开始着。

“是你，小金兰……你……”

虎妹首先跑过来，亲切地挽着她，嗫嚅地说道。

安隆奶奶，苍白着脸，木然地，全无表情地望着她。最初一刻，因为眼前所出现的事情太出她的意料了，她怔着，不敢置信似的，举手擦了一次红肿的眼睛；随后，一缕凄惨的微笑，浮上她干枯可怕的脸孔，并且用着一种无可慰藉的悲哀的声音，徐徐说道：

“小金兰，你……你……你来啦。”

“是的，”小金兰走上前去，“安隆奶奶，我来啦，我看你老人家来啦……我很早就想来的，安隆奶奶……”

她哽咽着。她竭力想说出几句像样的安慰的话来，可是无论如何说不出一句完整的话；她觉得在说出话来以前，首先有着一股酸水要涌上喉咙，并且，她的眼睛，也立刻模糊起来……眼泪业已迅速泛滥在脸上了……

如像自己一家人似的，她坐在安隆奶奶身旁。在这一刻，这不幸的老人成为她世界上最亲近的人了。最初的沉默和呜咽过去了，她重又开始说道：

“安隆奶奶，他会回来的……他，庚虎，一定会回来的……你老人家总要把心放宽呵，安隆奶奶……”

“是呵，总想他会回来啊，”虎妹接嘴道。

“小金兰，”安隆奶奶喑哑地说了，“我悔不尽呵，谁想得到会有这样的一天呢？总以为日本人是走镇上的……”

一直沉默着的小隆婶婶，以一种揉合着惊奇和亲切的神情，注视着这大胆善心的姑娘。这时，也便附和道：

“是呵，总以为日本人是走镇上的……谁也想不到呵！”

但在她们之间，自始至终，并没有多大的话说。过于凝重的空气，压住每个人的心。一种不可见的真情的契默，把她们紧紧牵连在一起，言语反而变成完全的累赘了。在她们的沉默之中，她们每个人都深切地感觉到，现在彼此都是一家人，不仅有着共通的悲哀，并且有着共通的命运……

当小金兰离开安隆奶奶家，独自回去时，虽然那主要的绝望的情绪，并没有消除，但在心里，却显得轻松得多了。她觉得，现在自己业已不再是孤立无助的人了。

四 十

经过一个短时间的冷清，在春五娘小酒店里，又复稍稍恢复到以前的热闹了。不过因为是农忙季节，白天闲坐的人并不多，只有少数无所事事的浪荡汉，经常地是小酒店里雇客们，守着几条白木板凳，嗑瓜子撩些闲天。

在最紧急的几天里，歪嘴老八竟违背了自己平日“玉石俱焚”的见地，坚持不肯逃跑。对着众人的面，他虽然把日本人描绘作凶神下凡；但在春五娘面前，却认为逃避到山里去，无异是庸人自扰。这种看法，原是本着“实者虚之，虚者实之”的见识来的，所以山里实在比家里更危险。实际上的理由，或许因为如果一逃难，不仅每天的酒瘾无法满足，还得挑米搬罐，多一番辛苦。但终之，借着这件事情，他是在春五娘面前建立起料事如神的信仰了。这时，他对酒客们夸嘴道：

“说起来么，我老八不过是乖乖的时运不济罢啦！

三国时候的诸葛卧龙，岂不也只是南阳郡的一个布衣？可是临到时运一来，便会有个刘皇叔乖乖的找上门，请他当一名军师。常言说得好，水难量，人难料；你们莫看我老八今朝有酒今朝醉，是个没甚志气的人。在有些事情上，不是夸口，我老八可真当得上先知先觉，料事如神——”

他正待列举证据，别人却截断他，反问道：

“你横直说凤尾嶼会给日本人炸成白地，烧做灰烬，可是别人都逃到山里去啦，你自己却躲在屋里，天天喝黄汤白干，你说这不是平空嚼蛆！”

听见说到自己，女店主对说话人横一下眼睛，撅起嘴，做出一付既像欢喜，也像生气的表情。而歪嘴老八，㖞斜着全部眉目嘴鼻，摇摇头说：

“这个么，乖乖，这个是兵法上的事情，天机难以泄漏。你们是，只知其一，不知其二——总而言之，是乖乖的不知其二！”

“为什么？”别人不很了解他的掉文套句。

“为什么，就是为的你们不知其二呀！古今中外的事情，那有一成不变之理？有一必有二，知其一，也一定得知其二才行！比方说，安隆奶奶家的庚虎买了一条牛，你们只知道乖乖的买了牛啦，便会万事都如意啦，可是乖乖的如今呢？——”

“都说还会回来哩。”

“回来!”他扁着歪斜的嘴，“什么时候回来！十年之后回来，还是二十年之后回来？乖乖，这一辈子是不会回来啦!”

女店主不以为然地瞟了他一眼，说：

“总是你这张老鸦嘴!”

“乖乖，错的不是我老八这张嘴，是安隆奶奶那付命！我老八这张嘴长得虽不端正，说出来的话可端端正正！庚虎是个替身，他替了凤尾屿全村的灾难，他是我们大家的恩人——我老八早就看出来啦，他额上发黑，走的是一条杀身之运!”

说话一涉及安隆奶奶家大家便一致沉默了，并且叹息着那异性人家的可悲的宿命，以及庚虎的不幸的遭遇。歪嘴老八的判断，虽然并不是不相信，但总觉得十分刺耳不愉快。他们不满他那种幸灾乐祸的态度。终于，有人不胜惋惜地叹口气道：“唉，人真是好人呵!”

“是呀，安隆奶奶真是难得的好人啊!”大家附和着。

“乖乖，人强不过命呀！好人歹人都不相干，总而言之是一个‘命’字要紧！要是你命好，杀了人别人还会称赞你是好汉；命不好呢，你是乖乖的佛心也没有用！安隆奶奶心好命不好，问题就在这里!”

“说是连小金兰也快急疯了哩。”女店主装出一付同情的口吻。

"小金兰吗，"歪嘴老八睎眯起眼睛，接嘴道，"她这是叫做黄莺儿对刺窠里飞，自找自就！女人的事情真是难说得很！说起来么，眉开眼阔，唇红齿白，乖乖长的聪敏伶俐，谁知道心眼儿竟那样不通窍，她看上庚虎那一门！"

"那可不能这样说，"女店主以个女人的身份出来仗义执言，"庚虎究竟是个好汉子，身壮力健——"

正在这时，忽然一阵骚扰的声音传来。由坐在酒店门边的人首先看见，在河渠旁边，离石拱桥不远的地方，一群顽童跟随着安隆奶奶，呐喊着，嘻笑着；而蹒跚地走在前面的那不幸的老人，则高高地挥舞着双手，同时呼唤着什么。当她一下不小心踣跌倒了时，顽童们便拍着手，笑着……

"安隆奶奶疯啦！"

但人家马上看见，虎妹从家里奔出来了，她赶开了顽童们，追上老祖母，搀扶着她，要她回去。

疯狂狂的安隆奶奶，拒绝着孙女的要求，依然挥舞着手，哑声呼唤着——人们听出了她在呼唤那失去的孙儿。又有几个好心的邻人赶上去了，一齐劝慰着她。不知怎么一来，那因巨大的打击而丧失神志的老人，坐在地上了，稀疏的白发完全散乱，双手抓着泥土，张开没有牙齿的嘴，无声的哭泣起来……

看见这种景象，在春五娘小酒店里，霎时间又复被一种凝重的空气所统治了。大家都觉得，适才歪嘴老八以调侃口吻论断那善良而不幸的老人，是一件近乎罪恶的事情。歪嘴老八自己，仿佛也承受着内心的谴责，许久沈默不语；而多情善感的女店主，则竟至为了那凄惨的景象，双眼含泪了。

四十一

春耕业已完毕，这时正当三月尾，天气十分晴和。

金豹和父亲金魁爷从田间回来，一个背着犁和牵着牛，一个背着锄头，两人腿上都沾满污泥。因为经过一天劳作，把一丘麦田赶早耕完了，心里都充满喜悦。

将近美奂常屋时，看见家屋前面，空坪上，聚会着一大堆人。一群顽童，大声嘻笑着，包围着一个浑身零乱的老太婆；她坐在上面，挥舞着双手，一边眼角上有着血痕，张开嘴，沙哑地，以一种使人颤栗的声音，唱着：

我的郎呀，
半夜三更径自行，
一年半载不见郎的面。
害得奴心比油煎！
你到黄泉土里去藏身，

奴为你呀。

苦苦守空房……

顽童们便一起拍着手，叫着好，哄笑着……这老太婆便是安隆奶奶！……便是那失去了孙儿的纯良的老祖母！……她业已完全疯狂了，模样儿如像是一个褴褛可怜的老乞妇……

“再唱一个！再唱一个！”顽童们呐喊着；而且其中有的便伸腿去踢她伛偻的背，用手去拉她银白的发。

这种欺辱的行动把她激怒了，安隆奶奶愤恨地站起身来，举起手里的一根竹棒，威胁着顽童们：

“啊！你们这些日本小鬼！你们这些砍头小鬼！你们把我庚虎抓去啦，看我安隆奶奶和你们拼命！……”

但顽童们并不怕她，依然围绕着她，有的竟大胆地拣起小石块向她投掷过去……

“你们这些小鬼！”忽然一个逼人的声音从后面发出，顽童们发现放下犁和牛的金豹业已站在人丛中间了；他满脸愤怒，伸着粗大结实的手掌，把几个最大胆的顽童打倒了，而其他的惶惑狼狈的小东西，霎时间都一哄儿吓跑了。

从儿子手里接过犁和牛的金魁爷，也给安隆奶奶的景况感动了，这时便劝慰她道：

“安隆奶奶，你要把心放开些……”

“把心放开些?”可怜的老人，举起那只模糊不明的眼睛，茫然地望着他们父子，“你们是什么人?……你们这些日本小鬼！你们把我庚虎抓到那里去啦！把心放开……我的庚虎?把他还给我，看我和你们拼命！……”

说着，她挥起手里的竹棒，向他们父子打将过来。金魁爷摇着头，无办法地退后了，金豹却走上去，把她扶住，给她拍除身上的泥污。

恰好在这时候，孙女虎妹赶到了。看见扶持着自己的老祖母的，是金魁爷和金豹，她微微吃惊着，涨红起脸，挨近安隆奶奶，代替金豹，搀扶着浑身颤抖的老人。而不幸的安隆奶奶，依然神志不清地喃喃着，咒咀着那些夺去她唯一的孙儿的日本人。

在霎时间，大家卫护着疯狂的老人，默默地站着。虎妹疑惧地望着金魁爷父子。对于金魁爷，虽然他曾经给她们一家以刺心的轻蔑和侮辱，不过由于一种隐秘的感情，在她心里，并没有恨意；这时，她看见他们父子两人脸上那种超过怜悯的表情，几乎使她怀着感激的温柔的心情了。

“奶奶，回家去吧，”虎妹搀扶着老祖母，慢慢移着步，往回家的路上走。

安隆奶奶又复变成孩子似的温顺了，依从着孙女的意思，丢掉手里的竹棒，梦幻似的走着。不过仍然翕动着干皱的嘴唇，喃喃着：

“啊！我的庚虎，我的孙儿……你给他们砍头的日本小鬼抓去啦，你再不回来看你奶奶啦……”

眼泪在她越益加深的皱纹中流着，而她的变成红瘸的眼睛，在骤忽之间湿润起来了。虎妹给她除去头发上的麦秸屑，不住的，用着一些贴心的语言安慰她。夕阳的余晖，为这对不幸的祖母和孙女，拖下一个长长的影子。

依然站着不动的金魁爷父子，默默地目送着她们。最初的一刻，两个人都不知道应该怎么办才好。在做父亲的，觉得自己曾经那样不留情地欺辱过那不幸的老妇人，如今她因失孙儿而变成疯狂了，总不免抱有深深的歉疚。而在做儿子的，他的感情更是复杂，因而激动也更大；看见安隆奶奶这种景象，他心里难受极了。他想起那个可纪念的夏天的黄昏，想起竹林里的早晨，想起妹妹小金兰和庚虎……他感到自己的眼睛湿润起来了……

“爹，你先回去吧”，他祈求地说道。

金魁爷懂得儿子的意思，便会意地瞥了他一眼，独自背着犁和锄头，牵着牛，回家去了。金豹却跟随在安隆奶奶和虎妹后面。

看见这情形，虎妹的脸孔变得通红了；她惶惑地，轻声对他说道：

“奶奶有时是清楚的，今天早晨，她还给灶君爷烧过香来……要是哥哥回来啦，奶奶也就会好转的。”

她这种解释使他更加难过，他默默地，久久凝视着她。虽然因为忧伤的缘故，她的脸孔微微瘦削了，眼睛周围有着泪痕，头发也蓬乱着；但在他看来，她是如此的迷人，在他的忧郁的表情里，埋藏着一个少女无限的哀怨和深情。他着魔似的，和这对不幸的祖母和孙女相距很近地走着。他体味着比那次初夏的黄昏更激动的情绪……

三个人这样走着，别人看见是会感到意外的。但在金豹和虎妹，都觉得是件十分自然的事情。安隆奶奶很快地平静下来了，默默地走着；两个护送她的年青人，也没有说话。

金豹一直送到安隆奶奶家里。对于他的来临，小隆婶婶吃惊地望着，不过虎妹立刻给母亲说明了，金魁爷父子两人怎样扶持跌倒在地上的老祖母，并且金豹还一直送回家来……

把老祖母扶到床上去躺了，虎妹回到外面屋子里来，重新两颊涌上了血，用一些没有次序的无意议的话，招待着他。但他却什么也不说，同样的涨红着脸，坐立不定。不过两个年青人同时觉得，在这一刻，彼此的心是十分的接近，这一场巨大的灾祸，业已把他们的命运紧紧地连系在一起了。

四十二

几天后的一个晚上，安隆奶奶一家刚刚吃了晚饭，听见外面有人急剧地敲着门。

一种陡起的意念，同时袭击着她们。莫非是庚虎回来了！许多日子以来变得异常羸弱，而在清醒时却依然十分机灵的老祖母，首先站将起来，奔向门边。一定的，是孙儿回来了，从日本人那里逃脱回来的！在这样的晚上，除了他，还会有谁呢？……作母亲的小隆婶婶和作妹妹的虎妹，也一齐跳起身来，迎将上去。老祖母则因为要急于拔开那紧实的门闩，连手指也给门上的一根木宵刺破了……

“啊！是——”

随后，三个人一齐往后面退回来了，因为敲门的并不是她们所热切期待的那个人，那个她们的孙儿，儿子和哥哥，而是一个住在对河的，同村子的恒喜嫂子……这时屋子里的主人们，真是又失望又吃惊，甚至霎时间说不出话来了。

这位恒喜嫂子是村子里有名的媒婆，为人干练聪明，虽然男人把她遗弃了，却永远快活，永远精力充沛，满脸春风，既喜爱探索别人私隐，也极其多情善感。这时，她一跨进门来，便大拉拉地往一张凳上坐下，完全忽略了主人一家的惊愕绝望，装出一付爱娇的表情，嚷道：

“虎妹姑娘，快泡茶来！”

当不幸的一家，忽然明白了这是什么一回事时，虎妹顿时变得满脸通红。她慌乱地给来客张罗着茶水，因为幸福降临得过于突然，简直昏迷起来了；好在现在是在黑夜，桕油灯光又不甚明亮，她这种失常的态度，不致过分在人前显露出来。

小隆婶婶很快的把自己躲藏起来，心里分辨不出是欢喜还是失望，只是在突然间变得羞涩了。不知道是什么缘故，她每听到儿女们的婚姻有关的谈话或暗示，便有一种酸苦的情绪袭上心来。这回她坐在惯坐的灶门下矮脚凳上，尖起耳朵，倾听着外面恒喜嫂子和老祖母的谈话。

恒喜嫂子是一个能言善辩的人，凡事喜欢卖弄口舌，转弯抹角。今天负有特殊使命，所以在说话时更加眩显出矜持态度；她首先从发髻上拔下一支银簪，挖剔了一通镶包金的牙齿，然后对安隆奶奶说道：

“安隆奶奶，今天我向你老人家道喜来啦；你安隆奶奶是知道我的，人家说我是七嘴八舌的八哥儿，我却确确实实是一只专报喜信的喜鹊儿……”

安隆奶奶这时神志很清醒，业已猜中媒婆的来意，不过还不明白她究竟是什么人央来的，所以只在苍老瘦削的脸上浮现出一缕笑容，并不答话。

“安隆奶奶，”来客继续说道，“今天我是给你家虎妹姑娘说亲来的……喜神成双成对，一喜之后还有一喜，你老人家把心放宽些，虎妹的亲事一成功，庚虎也就会回来啦，安隆奶奶，我是一只专报喜信的喜鹊儿……”

“啊！庚虎也会回来！”老祖母透出一口气。

“会回来一定会回来，安隆奶奶！不过我应该先告诉你老人家，虎妹姑娘福气大，前世招来一个佳婿啦！”

老祖母又复茫然起来了，喃喃重复道：

“虎妹？……佳婿？……”

“是呵，佳婿……真是一个佳婿！将来白头偕老！早生贵子！福大命大，你老人家双手抱外孙……”

于是，她又复背诵了一大篇吉庆的话，把不幸的安隆奶奶的将来，描绘得有声有色。她在背诵这些话时，一边不住的用银簪挖剔着牙齿，挤眉弄眼着。从她的神情上看来，仿佛现在她并不是对着一个被忧伤弄得神志昏迷的老人说话，而是在众目睽睽之下，表现自己娇姿美态一般。她的声音，一时高，一时低，总之是十分委婉而温柔。

“安隆奶奶，”她开始说到正题，“你知道啦，我是自己命苦，前世做少了好事，今世招不得好男人，我的心可是好的，我要修修来世，安隆奶奶。千里婚姻一线牵，可是就少了这个牵线的人。我么，安隆奶奶，我就是要做媒来的，我就是给虎妹姑娘说亲来的。今天金魁爷和金豹父子两人到我家来，开门见山，金魁爷劈头便对我说，‘恒喜嫂子，今天有千斤大事拜托，金豹亲自上门向你恒喜嫂子央媒来啦！’——安隆奶奶，你说这是不是你家虎妹姑娘的福命吗，前世做人好！……”

安隆奶奶完全胡涂了，她几乎不敢相信自己的耳朵。金魁爷！这简直是不可能的事情！……她迷惘地凝视着眉飞色舞的恒喜嫂子，说不出话。

“虎妹姑娘，”恒喜嫂子回头顾盼着，“人呢？躲到那里去啦？还不赶快出来叩谢媒人？”

虎妹躲在厨房门边的暗影里。最初一刻的激情过去了，慢慢的，另一种不同的情绪，开始占有着她的心；她觉得当着全家遭遇这样巨大的灾祸时，自己适才这种由于个人幸福的喜悦，几乎是一件近乎可羞耻的事情。来得过于突然的喜悦，多分是可怕的；何况即使这是一种真正的幸福，仿佛也只是从哥哥的不幸里得来的。想起哥哥的失踪和老祖母寂寞的风烛残年，她不禁感到一阵刺心的辛酸，以致连恒喜嫂子尖锐的说话声也听不见了，暂时失落在自己深沈的悲苦里……

当她刚一从这种悲苦的情绪里挣扎出来，便听见一直未曾开口的老祖母，正用微微颤震的声音说道：

“恒喜嫂子，谢谢你呵，我们是贫穷人家，如今庚虎不在啦，实在配不上呵……”

“呵呀呀，安隆奶奶，你老人家这是说的什么话！配不上，是别人配不上你家虎妹姑娘吗？整个凤尾岥，谁不说虎妹姑娘人长的漂亮，又贤慧能干，真是穿铁草鞋打长年灯也找不到呀！我说，安隆奶奶，你老人家莫再讲这种话啦。我是从来没有出马不利的，婚姻前界定，我只是给两亲家做一做牵线人，安隆奶奶……”

……这一天晚上，虎妹几乎通宵没有入睡。事情是这样决定了，老祖母最后终于答应了！这来得如此突然的幸福，会是真正的幸福吗？于是，从那一个初夏的黄昏起，她细细咀嚼着一切经过，又复自然而然地想到哥哥的失踪，想到小金兰，想到可怜的老祖母和母亲……她流着眼泪，闪动着脑部，感到一阵心的刺痛……唉，如果哥哥能够回来！——也只有这样，才能使她的幸福成为真实的，毫无缺陷的东西！……

她睁大着眼睛，仿佛要在黑暗中认识或寻找什么。在幸福的预期里，只要一想到哥哥，一颗心就往下沈落，便觉得自己是一个溺水的人，目前这种不意的幸福，只是一根十分脆弱的稻草，并不能使她从深渊中自拔……

啊！命运是怎样一个折磨人的鬼魔！

四十三

很快的，金豹和虎妹的喜信便在村子里传遍了。

虽然是在播种插秧的农忙期，在晚饭后一刻，也依然有着一度热闹的春五娘小酒店里，这事情便成为敌人过境后的第一件耸人耳目的新鲜话题。因为太出人意料了，大家的意见也就格外复杂分歧……

歪嘴老八喝够了酒，睎眯起眼睛，流着涎沫，以一种嫉妒的口吻说道：

“乖乖，我说如今时势反啦！常言说得好，希奇看希奇，野鸭子变金鸡，可真叫金鸡！凶神未过，喜神来临；我老八走过广东上海，只没听过这等奇闻！”

“一定是两口子先就有意思啦，”有人猜想到。

“那还消说，乖乖，无巧不成书，一个哥哥喜欢金豹的妹妹，另一个哥哥又喜欢庚虎的妹妹，人家只道其一，不知其二，那里晓得实者偏偏虚之，虚者却乖乖的成了好事……”

“说不定庚虎也当真会回来呢，喜神总是成双成对的！”

“乖乖，那怕未必！你说喜神成双成对，可是你就忘记了福无双至的古语？不是我老八爱讲歪话，庚虎么，这时怕早已经乖乖的魂上西天，骨肉变土啦！”

“总是你这张老鸦嘴！”女店主横眼瞟他一眼。

“不是老鸦嘴，是乖乖的神机妙算！你们总说我老八爱讲歪话，请问不论大至天下国家，小至油菜芝麻，我老八这张嘴那一样不是料事如神！并非夸口，我老八只不过是时运不济，不然的时候，哼，不要说——”他瞥一眼女店主，从嘴角边坠下一滴涎沫，“你们知道上海四马路……”

“四马路怎样？”春五娘生气了，做了一个娇嗔的表情。

“没有怎样，嘿嘿不过那才叫是，乖乖，一到晚上九点钟，你走去看，马路两边，一字儿排开，你要一打便一打，两打便两打，一个个都是花容月貌，脸上搽着胭脂，身上穿的绸缎，高矮适中，肥瘦得当……乖乖！乖乖！我的老娘！……”

他完全得意忘形了。

女店主春五娘一张肥胖得稍显臃肿的脸孔，最初涨得通红，随后气得铁青，不待他把话说完，便伸出手在他脸上赏了怪响亮的两巴掌，骂道：

“你这狗骨头！喂肥了不认人不是！两个山字叠在一起，快给老娘请出！”

这一下出其不意的打击，一下子使歪嘴老八楞了住。随着涎沫的飞溅，他险些从高脚凳上跌下，两颊给掴得绯红，嘴巴也变得更其歪㖞了。惶恐而狼狈地，他摸着自己的嘴和颊，装着一付一个受屈的小孩子一般的苦涩的脸相。平时那种目空一切的自负气概，完全消失，但为了维持一个男子汉的尊严，他软弱地喃喃解嘲道：

“你这是何苦来呢？你看我老八的嘴巴一下给你乖乖的打正啦，就说骂是亲打是疼，可也用不着这么大的手势呀！”

女店主怒气未消，脸又转红了，依然骂道：

“那一个亲你疼你！老娘是个叮当响的人，原来一身清白，是你这不要脸的害了人！快给老娘请出！老娘有酒有肉还怕没有人上门！”

“乖乖，好凶！真叫是阳虚阴盛！”

“放狗屁！什么阳虚阴盛！你这种是什么阳！不中用的东西，老娘可不少着你！”

“乖乖，不中用，老啦，你厌弃啦，我就请出，就请出……”

“男子汉说话要算数，马上给老娘滚！立刻给老娘滚！”

于是，女店主红着眼睛，把一个瘦猴似的女儿珍惜地拉到自己身边，大概是对已故的男人，又感到恩爱深长起来了，簌簌的落着眼泪，吸着鼻子。

“我滚！我立刻滚！……”歪嘴老八喃喃着，仿佛也认真伤心了，说话带着哭声。

“你滚！给老娘滚！”

“好，我滚，我就滚！不中用啦，乖乖的真该滚啦！”

自然，他并没有当真站起来要滚；而她也并没有一定要叫他滚的意思。不过旁人却为这情形而感到微微扫兴了，甚至也不便笑出声来。歪嘴老八自觉在众人面前失掉面子，垂着脸，兀自不住的摇头。

难堪的一刻，很快的便过去了。一看见女店主把眼泪揩去，开始参加众人的谈话，在歪嘴老八脸上，立刻就浮现起诡谲的微笑，而且兴高采烈起来了；仿佛适才的挨受打骂，当真是亲爱的表示似的。

谈话又回到本题上来了。有人认为，虎妹的确是个好姑娘，怕只怕给金魁爷家带来厄运；至于庚虎的失踪，对小金兰说，实在是一宗幸运。

“说是庚虎如果不回来，她便一世不再嫁人了哩。”

“不嫁人？难道她要给他守节不成？这究竟是没有成亲拜堂的呀！”

于是便有人惋惜地说道：

“我们总还是愿望他回来就好呵，一个漂漂亮亮的姑娘家，就这样年轻轻的守活寡……”

插嘴机会到了，歪嘴老八瞅一眼春五娘，从他脸上获得了勇气，便眏眏眼说：

“乖乖！你们这些人都叫做小孩子看把戏——白担心事！常言说得好，要吃鱼的怕腥，当婊子的假正经；天下女人没有一个好的，嘴里都是烈女，心里可乖乖的都是妓女……”

但他并不能畅快地把自己的议论阐发完毕，旁边女店主的眼色阻止了他，使他不得不马上改口道：

“自然，乖乖好的也不是没有……比方……总而言之，女人这东西……孔贤人说，唯小人与女子为难养也，近之则不逊，远之则怨！总而言之，女人这东西——”

他咽咽的咽着喉咙，仿佛把话重新吞下去了，但依然从嘴角边流出多量唾涎来……

“不过，小金兰的事情可难说，”和歪嘴老八持反对论调的人说。

“是它，”有人同意着，“爹生的女，金魁爹，就是一个硬如石头的人！”

大多数人都觉得，不论怎样，小金兰目前的遭际，总是可怜悯的。在庚虎没有失踪时，她和他的关系，使人心怀嫉怨；但如今情形不同了，一种人类善良的本性，不允许他们再去对不幸者作不好的希望。

四 十 四

在连绵不断的几天黄梅雨之后，金豹和虎妹的婚礼便举行了。

这是因为，第一，庚虎既一直没有回来，安隆奶奶家的几丘田，虽然已由金豹的帮忙，匆忙地耕种过了，但终须有个男子照应；其次，安隆奶奶依然一时清醒，一时昏迷，或许孙女的婚礼能够把她医治好。趁着这秧苗业已插过，收获又尚未来临的时期里，赶快把婚事完了，可以大家安顿下这颗心。

婚礼自然是很简便的，不过按照着乡里间一般通行的办法，雇来一顶花轿，央请几个邻人敲锣打鼓，把新娘子在村子里兜一转，然后一起到美奂常屋举行拜堂的礼节。

在整个婚礼的筹备和举行的期间，显得最热心最快活的，要算是小金兰。她把自己打扮得非常漂亮，现出一付欢愉的容颜，一天到晚的忙碌。她的曾经一度有过灰暗的青色圈子的眼眶，重新变得饱满了；苍白的脸孔，也恢复到原有的红润；她的瞳仁更清澈了，笑容更动人了，尤其是她那已届成熟期的躯体，也更其轻盈可爱。她特地在自己秀美的辫子上，系上两个大大的大红结子；同时穿起一双平常只有出客时才穿的青缎绣花鞋。她的打扮和态度，简直要使人怀疑到，将要举行的婚礼，乃是为了她而筹备的……

四月尾的暮春季节，空气温暖而带有一种困人的倦怠。为了要亲近安隆奶奶的一家，小金兰每天总要借故到对河去一次，甚至两三次。现在，她是可以公然地，毫无顾忌地走这一条路了；可以既不受父亲干涉，也不怕别人取笑他到安隆奶奶家去了。虽然庚虎没有在家，或者将永远不再回家来了，但是，自己和那个曾经对她是如此富有过引诱力的家庭，不是业已十分接近了吗？自己的哥哥，不是就要和虎妹成亲结婚了吗？这是怎样大的，可喜的改变啊！

有时，当她到达安隆奶奶家的一刻，那不幸的老人正陷入昏迷的境地，在咒诅日本人或是用一种哑涩的凄惨的声音唱着恋歌，便会立刻使小金兰感到一阵钻心的难过，使她想起自己原来是一个非常不幸的人。当着哥哥和虎妹的佳期将近之日，那个漂亮而健壮的男人，那个自己所爱的庚虎，究竟在那里呢？还活在人世间吗？还会回来吗？如果他永远不再回来，那么正当需要青春作伴的妙龄的自己，将怎样来度过那悠长的，无穷尽的，孤独而可怕的日子呢？……

啊！当然，她对他的爱情是矢志不移的，她曾经作过这样的誓愿了。再说，世上还能有像他那样可爱的男人吗？如果上苍是要赐给她这种无穷期的苦刑的，除了以自己美丽的青春作牺牲，接受誓言的约束和命运的赐予之外，还能有什么呢？

在这样的时候，小金兰便抱着一个牺牲者坚决的意志，吞咽下涌上眼睛的眼泪，长久地坐着，默然不语。有时，便会突然地，如像惊醒似的，走到安隆奶奶旁边，拉起她枯瘦的手，以一种温柔的体贴的言语，安慰着她，不再喊她“安隆奶奶”，而用亲密的“奶奶”来代替。甚至决心要守在这善良的老人身边，时刻侍候着她，永远不再离开她，直至她不在人间，而自己也业已消磨掉光辉的美貌和可贵的青春……

不过，一当安隆奶奶清醒着，大家都为即将来临的佳期而忙碌着时，小金兰便立刻快活如一个小孩子了。她并不是时刻都关心着自己的幸福的，她只是分享着哥哥和虎妹的幸福。在若干日前，哥哥从美奂常屋前面空坪里护送可怜的安隆奶奶回家之后，回来对父亲提出叫他大吃一惊的要求时，作妹妹的她，曾经有过怎样的激动！父亲始终是一个善心的人，竟也答应了。这事情，在小金兰，简直比听到关于自己的幸福更兴奋，也更欢愉。以为，平日最关心自己的哥哥的幸福，也就是自己的幸福啊！

自从那一天之后，她对父亲的感情，由怨恨一变而为感激。父亲的行动太突然了。不过他的情绪的变换，她是十分了解的。即使自己无论怎样不幸，世界却依然美丽，人也依然可信赖的；并且，因此使她对庚虎的希望也复活过来了。啊，要是他也能回来！要是上苍能垂怜自己……

可恨的还是那般凶残的日本人啊！

说起来她非但没有看见过日本人，甚至也没有梦想过；但是他们竟把她的庚虎抓去了，把她生命中最重要的一部分毁灭了！他们对于她，对于一个生长在乡里间的，质朴而美貌的农家少女，究竟有什么仇恨呢？

但不管怎样，现在，哥哥和虎妹的佳期即将来临了。这总之是一件可喜的事情。她愿意在哥哥和虎妹的幸福里，支付出自己青春的喜悦。为了要在一个应该欢乐的节日，使自己和别人都忘记自己的不幸，她整天笑着，跑来跑去，并且轻声唱着歌。看见她这情形，母亲金魁婶婶也十分高兴。

简单的婚礼，实际上也并没有什么可以筹备的，不过大家照例忙乱一阵就是了。加之又在农忙季节，估计到亲戚们参加的一定不会太多，有些如肉类的食料又已到了容易腐败的期间了，所以一切都求其简单经济。月前那一些敌人过境的灾祸，把人们的观念改变，大家都认为现在是非常的时期，嫁娶的事情，理应从简……

举行婚礼的那一天，天气好极了。天壁万里无云，空中宁静而又澄清，正是大地最丰腴的季节；水田里一律是尺来长的稚禾，在温暖的微风的吹拂之下，荡着悠远而柔软的轻波。山野间，马蝗草和牛蒡草，都先后开花了，在一片绿色里，点缀着白色的蝴蝶花和紫花；还有大戟草的黄褐色小花和金线草的淡红色小花，也一齐给宇宙增添着生命的热闹。

这一天，安隆奶奶神志特别清醒。她很早就起床了，在屋子里走来走去，把几天前就业已从地下挖掘出来的银耳环和项圈，以及小隆婶婶的银手镯，统统擦得明晃晃的；这是祖母和母亲给虎妹的最宝贵的赠物，安隆奶奶把它们亲自戴在孙女的颈上，手上和耳朵上，一边说着快活的祝福的话。

小公牛业已卖去了。这也是老祖母的主意，她把它卖去，给孙女购制嫁奁；这事情虽然为虎妹甚至金魁爷所竭力反对，但她还是这样做了。自己是一个贫穷人家，而且现在又正当遭遇灾祸的时候，不过，无论如何，她不愿意给别人看轻，说闲话，拿她的贫穷来取笑她；尤其因为贫穷的缘故，她更加要使孙女有一个体面热闹的婚礼。至于自己的将来，她从来没有去想去；和孙女的幸福相比较，自己凄淡的风烛残年算什么呢？安隆奶奶可决不是那种自私的祖母啊！……

当婚礼在美奂常屋举行时，安隆奶奶很早便到临了。她特地穿着一套宽大的过时的棉绸衣裤，在稀疏银白的发髻旁边，还插着一朵小小红花；她的脸上虽然显得更其干瘦了，因为浮现着喜悦的微笑，人们看起来，仍然是一个慈祥善良的老人，绝无疯狂的象迹。在事实上，自从孙女的喜事决定以后，她的病情也的确好转了，发作的次数减少了，并且在发作时也安静得多。而在婚礼进行之际，在她脸上便现出一付端庄的尊严的表情。

婚礼完毕，安隆奶奶不顾乡里间古老的礼节，一直送到新郎家里。而小金兰，便腾红着脸孔，走在老人身边，搀扶着她，显出一种非常亲昵的温存的态度。

即使是在农忙期，在美奂常屋前面的空坪里，也挤满了人；几乎是村子里全部的老人和小孩子，还有那些经常在春五娘小酒店里闲坐擦天的浪荡汉，都来参加这场婚礼；甚至年轻的或年老的农夫，也丢开他们的农具，跑来观光。燕子欢愉地呢喃着，常屋后面竹林里的鸟雀，也噪聒地歌唱致贺……

女人们都窃窃地批评着新娘的装束，发着赞叹。虎妹这一天穿着一件粉红色的夹袄，头上戴满了粗糙的假花……但她健康优美的体态，和那种一个大家闺秀的风韵，使她即使穿戴并不十分阔绰，也自有她动人的地方。新郎有着阔大的胸脯，和轩昂的姿态。不过和体格高大的新娘并排站着时，这种男性的雄巍，却被掩没了不少。

在从美奂常屋到新郎家的路上，在行列后面，跟随着大群小孩子。他们中间的一部份顽童，曾经追逐过安隆奶奶，以她的疯狂取笑的；现在，看见安隆奶奶这种壮严的神态，不禁感到迷惑了。

打锣手在行列前面打着“十三响”。路旁的鸡狗，受惊的飞跑开去，叫着吠着。走在安隆奶奶身边的小金兰，当每一次锣声突然响起来时，便挺直起她那轻盈娇美的身体……

爆竹声从新郎家发出来了；一个金豹的堂兄弟，用一根长柄铁叉，悬挂着一长串大红小鞭爆，迎接着这充满生命的喜悦的行列，同时高声嚷叫起来。

于是，原是稍有秩序的行列，便顿时散开了；大家喊着笑着，形成一种欢乐的忘形的紊乱……

四十五

正在金豹和虎妹的婚礼后几天，完全出人意料地，凤尾屿在那次逃难中被敌人俘掳去的，三个年青人之中的另一个，也忽然逃脱回来了。从他的叙述里，知道庚虎的确被敌人拘留着，并没有丧失生命。

这消息重新在小金兰业已逐渐冷却的心里，燃烧起狂炽的希望，恢复了焦灼的期待……

自然哥哥和虎妹结婚之后，她就显得比较安心了，仿佛自己追逐的幸福，业已在哥哥身上实现。同时，她到安隆奶奶家的次数更多了，停留的时间也更久。隐隐地，她代替了虎妹的位置。她到安隆奶奶家，并不是做客人；在她的观念里，安隆奶奶便是自己的老祖母，她是在自己家里。她习熟而勤勉地，帮助着小隆婶婶处理大小家务，安慰着不幸的老人的寂寞。并且，她还往往留宿在安隆奶奶家里，晚上便和老祖母睡在同一张床上。

安隆奶奶的病情也更好转了，把对孙儿孙女的情爱，全部移注到小金兰身上，对她诉说着辛酸凄苦的遭遇，以及种种隐秘的心愿。在一种互相爱怜的情景之下，她们两人结合起纯真的感情。有时，老人的疯狂症发作了，执意地要到屋外去，小金兰便顺从地追随在后面，搀扶着她，不许顽童们有什么轻蔑的举动。

因为增加了安隆奶奶家的田地，金豹是更加忙碌了。不顾人家的闲话和一个新娘的身分，虎妹也背着锄头，出田做活。对于这场婚姻，金魁爷和金魁婶婶都十分满意；尤其是虎妹的勤俭本分，使做公婆的人完全忘记了以前那种关于命运的顾忌，甚至也放松了对小金兰的管束。村子里的闲言闲语是有的，不过金魁爷全不在意；不论在什么事情上，这老着他的倔强，情形完全变了，各人的情绪也完全变了；反正这是命运自然安排定的，一切都不容许人为的选择。

对于不幸的安隆奶奶，金魁爷始终有着负疚的感觉，所以女儿这种行动，从他心里所引起的，毋宁是一种慰藉。在任何细情末节上，他都首先想到安隆奶奶家。

在小金兰和如今业已成为新嫂嫂的虎妹之间，建筑起一种奇怪的感情，彼此亲昵得如像同胞姊妹一般。对于虎妹的幸福，小金兰非但没有半点嫉妒，而且，仿佛正唯因为有虎妹的幸福作撑支，才能使她在忍受巨大的打击之后，仍能恢复原来的活泼愉快的心情；并且，她的削瘦下去的颜容，也迅速地变成红润了，使人怀疑到她是一个寡情的冷酷的人，灾难并没有在她心上留下痕迹……

然而，庚虎仍在人世的消息，又复把她掷入骚扰之中了。一种模糊的幸福的期待，它是曾经在她少女的心里生根滋长过，在一次突然的灾难的蹂躏里一度失去的——现在又复回来了。当她最初听到那新近逃脱难回来的幸运者的消息时，她的心跳跃得非常厉害，几乎使她感到窒息了；但她竭力支持住自己，压制住自己，不愿在外表上表现出什么不同，免得万一又遭受到更大的绝望时，引起别人的怜悯。她是一个要强的人，不肯让别人用怜悯的眼光来看觑自己。

她依然和平常一样的生活着。甚至有时当人家谈着关于庚虎的消息时，她避免去参加，也不愿现露出关心的表情；虽然实际上只要一听见庚虎的名字，便会使她脸红心跳。有好几次，人们在谈着那件可怕的事情时，她便躲在隔壁屋里，把耳朵贴着墙壁，怀着极度的激动倾听着。她的掩饰很成功，连做父母的金魁爷和金魁婶婶，也为着女儿的热情业已逐渐淡薄而欣幸，不过，她那种从童年时代便具有的入神地沈默的习惯，更常表露出来罢了。每逢这样的时候，金魁婶婶便问道：

“阿兰，你想些什么?”

“我?”她微露惊惶地一怔，但立刻笑着回答，“我在想着那天哥哥拜堂的情形呢；妈你说那天哥哥的样子好笑不?”

做母亲的知道她说的是一句谎话，便重新开始以着种带着忧虑的情绪，热望着那个高大壮健的年青农夫的回来。

只是可怜的安隆奶奶，从听见关于失去孙儿的消息那天起病情忽然变坏了。她变成非常的噜苏，时刻要有人和她谈话；如果没有人和她谈谈什么时，便会独自一个人，坐在门槛上，仿佛呓谵似的自言自语着，很多时候更摇摆着头，压细嗓音，唱些不完整的猥亵的山歌。

在这样的时候，小隆婶婶是全无办法的；她始终保持着自己的沉默，也不肯出门露脸。不知道的人，一定会以为她是一个没有感情的麻木的人，既没有欢乐，也没有悲哀的人。看见安隆奶奶失常的举止，她便脸上露出惊惧的表情，什么话也不说地躲到灶门下去。

好在如今小金兰来代替着虎妹的位置了。小金兰始终敬重，并且疼爱着这不幸而善良的老祖母。因为，她是曾经承受过她的虔诚的祝福的啊！现在，于遭遇如此巨大的打击之后，这业已到达生命的暮年的老人，终于失却原来愉快的心情和温和的态度，变成一个可怕的人了；然而小金兰是决不会因此憎恶她的，她觉得在这样的时候，扶助她，安慰她，乃是自己的义务。

有时候，小金兰也会拿永不会在别人——即使是自己的父母——面前提出的话，问老祖母道：

“奶奶，你说，庚虎会回来吗？”

“庚虎？”霎时间，安隆奶奶竟至记不起自己的孙儿了，“是谁呀？回来……是谁回来呀？”

于是，以孙女自居的小金兰，便开始温柔地，耐性地，用各种各样的话语，把她的神志导入常轨。通常的情形是，如果当老人开始昏迷时，没有人给她解怀释闷，那么便会越益狂乱起来，终至于完全失掉理性……

但一经小金兰的劝慰，她慢慢清醒过来，慢慢完全明白过来了。小金兰再不敢在她面前提起庚虎的名字，只是对她谈些有趣的愉快的话。

这样做，在小金兰，并不算是一件苦事。她觉得，只有在和这位老祖母在一起时，自己的痛苦才有人分担，才能够减轻。

四十六

光阴飞逝，炎热，忙乱的夏天迅速过去了。收获即将完毕，燕子开始南归，柑子慢慢转黄，凤栖山上的山楂果，又复一度的红熟了。

虽然播种时稍稍误了期，大熟的收成却非常好。春天那一场灾祸，看来给农民的损失并不十分巨大。大家谈起那时的惶恐惊慌的情形，仿佛是一件相隔十分遥远的事情。

但是，庚虎一直没有回来。安隆奶奶的情形，显得更坏了；经过整个夏季忧伤的煎熬，变得更为衰老，也更为胡涂。在一天之内，很少有清醒的时候。因为失掉自制的力量，原是即使贫穷，也依然十分清整的人，如今竟满身污秽了。几乎是不停息地，独自发着谵语，或者闯到外面去，舞手舞脚的唱歌。现在，可怜的安隆奶奶，业已完全是一个疯人了……

自然，小金兰的情形也很坏。日复一日的过去，她明白自己业已跌入无可挽救的绝望里了。人愈益瘦羸了，原是丰满的两颊，也开始洼落：清澈而动人的眼睛，经常地为一圈青灰色所包围，而在鼻根两旁，则呈显出一种如像涂着沕水似的光亮，甚至出现了细小的雀斑了。不过，她还是勉强掩饰着自己的悲哀，继续打扮得漂漂亮亮，不让别人看出她的绝望；在和别人闲谈时，也竭力避免提起关于庚虎的事情。

一天晚上，她梦见自己和往常一样，跑进美奂常屋后面竹林里去等待庚虎。她急遽地，慌乱地，从常屋围墙旁边侧身跨入竹林；或许是因为心里过于惊惶的缘故，一次一次的，竹根羁绊着她，竹枝拦阻着她，使她连连的踣跌倒了，又复站将起来。竹林变得异常的邃远，许久寻觅不到她所熟悉的那条石凳。她万分的灼急，续陆往前奔挤着，继续踢跌着……突然之间，好像从地下钻出来似的，庚虎高大壮健的身躯，巍然地站在她面前了。但这是一种怎样可怕的景象呵，……他满身都是血污，脸上，袒敞着的胸脯上，直至赤裸着的腿上，到处都是血，都流着血！他明锐的眼睛瞪着她，露出深藏的洁白的牙齿作着狞笑，对她伸出两只涂满血污的手臂……

“庚虎！庚虎！你回来啦！”

她惊骇地呼唤着，醒将过来。睁开眼睛，仿佛满身血污的庚虎依然在自己眼前，在向她瞪眼露齿地微笑着……她恐怖地浑身发颤，双手紧紧捏住被角。

半晌之后，她慢慢地清醒过来，知道刚才不过是在做梦，自己和安隆奶奶睡在一张床上。她镇静着自己，放开被角，双手抚摸着激剧跳动的心胸，透出一口长长的，闷闷的气。

窗外是秋虫的吟唱，有的高亢激昂，有的则低微幽扬。一只夜鸟，掠过低空，发出悲哀的鸣叫。收获后的原野上，仿佛也有一种若有若无的细屑声音，普遍地发作着；那或许是鼬鼠和野狐们，一切在黑夜的掩蔽下才敢出来的小动物们，在经过刈割的稻田里奔驰觅食。而在远处，在河渠旁边，那永远不知困倦也不辞劳苦的水车，从夜空隐约传来轻徐的叹息……

蓦地，她听到脚后的安隆奶奶，在发出一阵模糊难辨的呓谵之后，开始作那种使人颤栗的嗓音歌唱起来：

我的郎呀，
半夜三更径自行，
一年半载不见郎的面，
害得奴心中比油煎……

为一阵陡然而来的，不可拒抗的恐怖所袭击，小金兰双手推着老人的身子，企图把她摇醒；同时，不顾一切地，以一种快要哭出来的怪异的声调，喊道：

“奶奶，奶奶；”

“晤，”安隆奶奶神志不清地答应着，“晤……什么……庚虎回来啦?”

“奶奶，你醒一醒!”

“庚虎……你在那里呀? ……”

小金兰再不敢出声了，唯恐又会引起可怜的老人的疯狂来。这也是常有的事情，半夜醒来，安隆奶奶坐起身子，双手在黑暗的空中舞动着，呼唤着孙儿的名字。

这一晚，小金兰便再也睡不着了；抱着一种愿意立刻死去的情绪，熬忍着漫长而悲凉的秋夜。

到了第二天，带着越益憔悴的面容，她把自己打扮起来，振作精神，在人前现出一付快活的，无所苦恼的表情，照常做着琐事，侍候着陷入疯狂状态中的老人；但在她的心里，那种一个纯真少女的殷切的期待，却变得越益炽盛，越益无法排解了。

四 十 七

日子一天一天过去，寒雾又复笼罩着每个深秋的早晨，天气也慢慢变成冷瑟了。

白天业已和狗尾草一般的短促。风栖山又一度的披上新装，蕨薇草转成金黄，山萝菔戴起紫花；而满山枫叶，也呈显出燃烧一般的红艳……

庚虎却一直没有回来，可怜的安隆奶奶，业已没有精力出门行走了，皮藏在干瘦老羸的身体里的生命，开始涸渴；每天，吃喝得非常少，只是坐在床上，反覆无常地发着呓谵或是唱着山歌，甚至不再有片刻的清醒，也认不得人，并且全身变得更为污秽难亲了。

在春五娘小酒店里，也很少谈论到这不幸的异姓人家了。还有什么可谈论的呢？对于人世间广大的悲哀，嘲弄和漠不关心的闲话，都是一种罪恶。歪嘴老八仿佛也失悔于自己对庚虎的恶意的预言了，在偶而谈起时，也不吝啬自己同情的叹息。

金魁爷也蓦地变老了，变和善了，和金魁婶婶一样，他很满意自己的媳妇，也很疼爱她；因为虎妹不仅温顺勤俭，而且业已怀着孕了。不过因为一方面怀着对即将做母亲的惊喜，一方面又为着老祖母的病情而悲伤，所以脸孔显得苍白了些，态度也更其严重了些。农忙期过后，她几乎每天都回到老祖母家去。看见女儿的怀孕，作母亲的小隆婶婶，眼含泪光地微笑着，在悲痛绝望之余，仿佛也得到几分安慰。只可惜作祖母的神志不清了，不能尝受这份喜悦。

只有小金兰，在过重的忧伤之下，情形和安隆奶奶一样，越益坏下去了。白天和黑夜，互相交替的过去；在她脸上的血色，也继续消退下去。不顾别人的劝说，她坚决的留在安隆奶奶家里，也不常在外面露脸了——因为，她再不能装出那付漠然无所动的神情了，害怕着会遭遇到人家同情和神秘的脸色。几乎是整天的，她留在疯狂的老人的身边，吃得很少，也睡眠得很少，活着有什么意义呢？和死去有什么不同呢？……她往往坐得很久，不言语，也不移动，仿佛全身都麻木不灵了，仿佛被悲哀凝冻住了……

有时，床上的老人大声地说着呓语，或是唱着歌，她听了也不再感觉恐怖，甚至连眼睛也不转动一下，好像她根本没有听到。她专神一志地想着那个一去不复返的男人，那个漂亮而壮健的年青农夫；不过她的思想也并不十分清晰，她只简单觉得，自己业已失去生命中最重要的部分，因之生存在世界上，便变成全无兴趣，也全无用处了。

但是，在她迷乱的心里，也有感到乐观的沉醉的时候；那便是她假定庚虎竟然回来了。如果他当真回来，那么一个可爱的男人重新为她所有，那情景应该是怎样的呢？于是，她设想着种种快乐的场面，微微沉醉在幻想的幸福之中，而在她带病的面容上，便会浮现起一种淡淡的迷离的微笑……

只是这样的时间太少了，简直不常有。反而偶然她也曾想起他以外的别的事情，想起一些回忆中的童年的事情，想起老祖母的失常和小隆婶婶古怪的沉默……在这样的时候，她便会和疯狂的安隆奶奶一样的自言自语起来，甚至因怀疑起自己也业已疯狂了而恐怖起来。

啊！等待着，等待着，日复一日的过去，日复一日的等待着，什么时候才能得到关于他的确实消息呢？——她宁愿马上就能得到这样的消息，不管他还活着，还是果真死亡了！就连是一个死亡的消息，也能够使她从这种无穷限的痛苦中解放出来啊！

更多的时候，她非常清楚地，回想着庚虎和她的一切，回想着那些和他在一起的每个美丽的早晨和黄昏，回想着每一次竹林里的幽会，回想着除夕和元宵节镇上饭馆里相遇的一幕……

时间是多么快啊！现在，秋天又到了，枫叶又红了，原野又变成空旷而多皱了，但是他呢？他还能回来吗？……

有一天，城里大姨母家来了人，说是大姨母和那个在省城里读书的表哥哥，要接她到城里去住些日子，去过冬天。母亲金魁婶婶把这消息告诉她，流着眼泪，劝她去大姨母家散散心。但她非但不为所动，反而更加想念起那粗犷大力的年青农夫起来了；她不愿意到局促黑暗的城里去，不愿意离开明朗广阔的原野，离开足以牵引起她对庚虎的怀念的每样东西……

一次绝早，她忽然偷偷的独自跑到美奂常屋后面竹林里去了。她跪在那条不吉祥的石凳上，因为她不止一次地，和庚虎并肩坐在它上面，互相偎依着……现在，她跪着，长久地跪着，仿佛在祈求着那对多少年来在那里自缢的不幸恋人的饶恕。她默默地跪着，流着眼泪。她觉得自己也是一个不幸的人，而且，比之那对不幸的恋人更加不幸；因为，如果现在能容纳她和庚虎一起在这里双双自缢，那在她应该是一宗怎样的幸福啊！

有时，她想起庚虎是从凤栖山边那山里去的，如果他回来，自然也一定走着那一条路。于是，在黄昏时分，她便独自惴惴地向凤栖山下走去，仿佛她当真去迎接他回来一般。

不消说，每次她都得到了失望。她坐在凤栖山脚的岩石上，等待着，直至突然觉悟过来，明白这只是一种徒然的举动，才踏着暮色回家来；而她的神色，也一定变得更为阴暗，更为难看……

晚上，她和安隆奶奶都不能安静入睡；有几次，一人突然叹一口气，咒骂道：

“砍头的日本小鬼！看我和你拼命！……”

“奶奶，”她附和着，“都是日本小鬼呵，庚虎是给他们日本小鬼抓去的呵！”

“和他们拼命去！拼命去！”

两人这样交谈着，咒骂着，最后，便一起幽幽的哭将起来。

而当小金兰蒙眬入睡时，便立刻做起种种可怕的恶梦，做起关于对庚虎的期待的梦……

四十八

庚虎永远没有回来……

正当金豹和虎妹在美奂常屋里举行热闹的婚礼，小金兰为了哥哥的幸福而兴奋鼓舞着时，在另一个地方，在敌人的虎口之中，那个倔强而壮健的农民，企图从屈辱的苦役里逃脱出来。但不幸，他的行动给那些失掉人性的暴徒发觉了，他们对着他开了三枪；最后一枪才打中他那横阔的胸部；他跄踉了一下，仆跌在地上，身子痉挛地弹动了几下，鲜血立刻从创口冒涌出来，染红了哺养他的一大片土地。

这是应了歪嘴老八的预言了。不过，当他中了枪弹后的一瞬间，当他的灵魂还没有从他高大健壮的体躯里逸出的一刹那，他的思想里依然充满着他美丽的恋人——小金兰。

一九四三年冬脱稿

图书在版编目（CIP）数据

村野恋人 / 王西彦著. — 北京：中国国际广播出版社，2013.1
（良友文学丛书）
ISBN 978-7-5078-3565-6

Ⅰ. ①村… Ⅱ. ①王… Ⅲ. ①长篇小说－中国－当代
Ⅳ. ①I247.5

中国版本图书馆CIP数据核字（2012）第266560号

村野恋人

著　　者	王西彦
责任编辑	张娟平　杜春梅
版式设计	国广设计室
责任校对	徐秀英
出版发行	中国国际广播出版社（83139469　83139489[传真]）
社　　址	北京复兴门外大街2号（国家广电总局内）
	邮编：100866
网　　址	www.chirp.com.cn
经　　销	新华书店
印　　刷	环球印刷（北京）有限公司
开　　本	620×920　1/16
字　　数	150千字
印　　张	18.5
版　　次	2013 年 1 月　北京第一版
印　　次	2013 年 1 月　第一次印刷
书　　号	ISBN 978-7-5078-3565-6/I・413
定　　价	49.80元

CRI 中国国际广播出版社　欢迎关注本社新浪官方微博　官方网站 www.chirp.cn

人文阅读与收藏·良友文学丛书

(1)	鲁　迅　编译	竖　琴
(2)	何家槐　著	暧　昧
(3)	巴　金　著	雨
(4)	鲁　迅　编译	一天的工作
(5)	张天翼　著	一　年
(6)	篷　子　著	剪影集
(7)	丁　玲　著	母　亲
(8)	老　舍　著	离　婚
(9)	施蛰存　著	善女人行品
(10)	沈从文　著	记丁玲
	沈从文　著	记丁玲续集
(11)	老　舍　著	赶　集
(12)	陈　铨　著	革命的前一幕
(13)	张天翼　著	移　行
(14)	郑振铎　著	欧行日记
(15)	靳　以　著	虫　蚀
(16)	茅　盾　著	话匣子
(17)	巴　金　著	电
(18)	侍　桁　著	参差集
(19)	丰子恺　著	车箱社会
(20)	凌叔华　著	小哥儿俩
(21)	沈起予　著	残　碑
(22)	巴　金　著	雾
(23)	周作人　著	苦竹杂记　（暂缺）